insel taschenbuch 4794
Odette Joyeux
Delphine über den Dächern

Die verträumte Delphine wächst bei ihrer verwitweten Mutter auf, die viele Opfer bringt, damit ihre Tochter Ballett tanzen darf. Ganz anders Julie: Die Tochter aus reichem Hause ist verzärtelt, stets von sich überzeugt und Liebling ihrer Lehrerin. Beide besuchen die Ballettklasse der Pariser Opéra Garnier und bekommen die Chance, an der Seite des umschwärmten Solisten Ivan Barlof die *Galatea* zu tanzen. Als Delphine die Rolle ergattert und Julie nur zweite Besetzung wird, sinnt sie auf Rache und stellt der arglosen Delphine eine Falle, die alles verändern wird ...

Odette Joyeux, geboren 1914 in Paris, machte nach ihrer Ausbildung zur Tänzerin als Schauspielerin Karriere und wurde schließlich auch als Drehbuchautorin und Schriftstellerin sehr erfolgreich. Die französische Romanvorlage für *Delphine über den Dächern* wurde verfilmt und lief unter dem Titel *Die verbotene Tür* auch erfolgreich im deutschen Fernsehen. Odette Joyeux starb im Jahr 2000 in Ollioules, Frankreich.

ODETTE JOYEUX

Delphine über den Dächern

EIN BALLETTROMAN AUS PARIS

Aus dem Französischen von Hildegard Lest
Illustriert von Leanne Shapton

Insel Verlag

Die französische Originalausgabe erschien 1966 unter dem Titel
L'âge heureux bei Éditions Denoël, Paris.

Erste Auflage 2020
insel taschenbuch 4794
Copyright © 1970 by Hachette Livre
Copyright © 2000 by Librairie Générale Française
© der deutschen Ausgabe Insel Verlag Berlin 2020
Alle Rechte vorbehalten, Copyright der deutschen Übersetzung
von Hildegard Lest, Rosenheimer Verlagshaus, des
öffentlichen Vortrags sowie der Übertragung durch Rundfunk
und Fernsehen, auch einzelner Teile.
Kein Teil des Werkes darf in irgendeiner Form
(durch Fotografie, Mikrofilm oder andere Verfahren)
ohne schriftliche Genehmigung des Verlages reproduziert
oder unter Verwendung elektronischer Systeme
verarbeitet, vervielfältigt oder verbreitet werden.
Vertrieb durch den Suhrkamp Taschenbuch Verlag
Umschlag: Leanne Shapton
Satz: Satz-Offizin Hümmer GmbH, Waldbüttelbrunn
Druck: CPI – Ebner & Spiegel, Ulm
Printed in Germany
ISBN 978-3-458-36494-8

Delphine über den Dächern

INHALT

FOLGE DEINEM TRAUM!

Einfach unvergesslich, dieser Moment: Ich bin elf, vielleicht zwölf Jahre alt und laufe über die Hinterbühne des Bolschoi-Theaters in Moskau. Gleich werde ich Teil eines Traums – meines Traums: Endlich darf ich mittanzen in *Dornröschen*, in *Nussknacker*, in den Märchen, die wir alle lieben. Mein ganzes Leben lang werde ich mich an diesen Augenblick erinnern. Daran, wie es hinter den Kulissen des großen Theaters knistert und riecht, wie die Lichter strahlen, die Kostüme rascheln. Wie ich den Tänzerinnen und Tänzern atemlos aus der Seitengasse zuschaue – magischer Zauber! Auch heute noch stehe ich am liebsten neben der Bühne, es ist mein Lieblingsplatz. Von dort aus tauche ich ein in das Ballett, werfe mich hinein in die Kunst, die ich von klein auf gelernt habe.

Seitdem bin ich einen weiten Weg gegangen. Ich habe meinen Traum verwirklicht, tanze die großen Rollen auf den großen Bühnen der Welt, von New York über Berlin bis Moskau. In den Schoß gefallen ist mir das nicht. Als neunjähriges Mädchen habe ich angefangen – eine von vielen, die an der Bolschoi-Ballettschule jedes Jahr mit der Ausbildung beginnen. Die ersten Jahre waren schwer. Hundert Mädchen, die um die Aufmerksamkeit des Lehrers, um kleinste Rollen konkurrieren. Da war ich erst einmal nichts Besonderes, mein Körper nicht unbedingt ideal fürs Ballett. Aber darum geht es auch gar nicht. Sondern um das, was dich zum Tanzen bringt – um deine Seele, dein Innerstes, das dir sagt: Du musst tanzen! Ich hatte am Ende Glück. Ich bin Lehrern begegnet, die meine Sehnsucht erkannten und mir vertrauten. Sie haben nicht nur meine Begabung, sondern auch Ehrgeiz, Disziplin, Lernbereitschaft gefördert und alles aus mir herausgekitzelt. Nicht alle Lehrer bringen das zustande.

An dem Tag, an dem ich das allererste Mal auf die Bühne ging, war ich schrecklich ängstlich und nervös. Was, wenn ich nur den kleinsten Fehler mache? Dann ruiniere ich doch die ganze Vorstellung! Mit dieser Angst schlug ich mich herum, seit ich die großartigen Bolschoi-Ballerinen bewundert hatte: ihre perfekten Körper, ihre perfekten Auftritte, ihre perfekten Pirouetten und Arabesques. So perfekt wollte ich auch sein. Und dann stand ich plötzlich mit ihnen im Scheinwerferlicht, aus dem Orchestergraben erklang die Musik, und ich überließ mich ganz diesem überwältigenden Gefühl – und begriff: Du kannst gar keinen Fehler machen. Denn es geht überhaupt nicht um Perfektion. Natürlich brauchst du eine möglichst makellose Technik. Aber erst danach beginnt die Kunst, wenn du dich selbst in die Figuren hineinatmest. Das lässt sich nicht lernen. Man hat es, oder man hat es nicht.

Das Ballett ist ein Beruf mit vielen Seiten. Manchmal ist es ein Traum, manchmal ein Alptraum. Ob so oder so – nie sollte man sich mit anderen vergleichen. Ich bin ich, du bist du. Jeder Mensch ist einzigartig. Wozu also soll es gut sein, sich zu vergleichen? Ganz im Gegenteil lautet die Aufgabe, dass wir das Einzigartige an uns erkennen und als Tänzer leuchten lassen. Dann sind wir frei, sind nicht mehr auf Anerkennung angewiesen. Diese Freiheit macht den wahren Künstler aus.

Und wenn du ein Künstler werden willst – eine Tänzerin, ein Tänzer? Was kann ich dir mitgeben? Drei Worte: Go for it!

Träume deinen Traum! Egal was es kostet. Wenn du wirklich tanzen willst, findest du deinen Weg. Wenn nicht im Ballett, dann vielleicht in einem zeitgenössischen Stil – es gibt so viele Möglichkeiten. Den Wunsch einfach wegzuschieben, ist keine gute Idee. Wenn du leidenschaftlich für das Tanzen brennst, dann hol dir Unterstützung. Von deinen Eltern, Freunden, Lehrern.

Das Glück, das auch dazugehört, kann niemand erzwingen. Man muss eine andere Richtung einschlagen können, wenn der Weg sich als falsch erweist. Ich habe meinen Weg gefunden. Dafür bin ich dankbar. Wenn ich heute irgendwo auf die Bühne gehe, denke ich an die vielen Tänzerinnen, die vor mir dort gestanden haben. Die sich verwandelt und mit ihrem Verstand, ihrem Gefühl, ja mit dem eigenen Körper ein »Dornröschen« oder eine »Schwanensee«-Königin erschaffen haben.

Dann atme ich tief ein, höre das Rascheln der Kostüme, sehe den Lichterglanz. Und tue den ersten Schritt hinaus in die Freiheit.

Polina Semionova

Polina Semionova ist eine der berühmtesten Ballerinen der Welt. Sie ist Gasttänzerin am Berliner Staatsballett und Professorin der Staatlichen Ballettschule Berlin.

DIE VERBOTENE TÜR

Die zweite Ballettklasse an der Pariser Oper war mitten im Training. Zwölf zierliche Mädchen im Übungstrikot, das straff zurückgekämmte Haar von einem blauen Band gehalten, mühten sich redlich, den hohen Ansprüchen ihrer Lehrerin zu genügen.

Training, das hieß Schweiß, kurzer Atem, eiserne Disziplin, eine Übung immer wieder machen, um ihrer selbst willen, bis sie in die Nähe der Vollendung kam. Bis eine Bewegung nicht mehr künstlich, sondern natürlich wirkte.

Die Übungssäle waren, wie alle Arbeitsräume, hell und zweckmäßig und ohne jeden Prunk. Zauber ging hier nur von den Tänzerinnen oder Tänzern aus, nicht von den Räumen, die die Architekten dicht unter das Dach des Opernhauses verbannt hatten.

Ein Opernhaus, vor allem ein großes, ist viel mehr, als die Theaterbesucher sehen. Es ist nicht nur Bühne, Zuschauerraum und Garderoben, nicht nur Foyer, Prunktreppen und sanitäre Anlagen. Ein Opernhaus ist ein kleines Staatswesen mit höchst souveräner Verwaltung, mit Werkstätten, Depots, Künstlergarderoben, Büros und Übungsräumen, immer wieder Übungsräumen, für Sänger, Musiker und Tänzer. Eine nüchterne Arbeitsstätte für viele. Erst am Abend beginnt sie sich zu verwandeln, von innen her zu strahlen und zu verzaubern, wenn aus vielen Mühen endlich Mühelosigkeit wird.

Die Mädchen der zweiten Ballettklasse waren heute eifriger bei der Sache als sonst. Trotzdem war ihre Lehrerin, eine ehemalige Solotänzerin, nicht sparsam mit ihrer Kritik. Sie war noch jung, und dazu passte eigentlich gar nicht, dass sie so unerbittlich streng war und gnadenlos auch den kleinsten Fehler bemängelte.

Wenn keines der Mädchen losheulte oder zusammenbrach, dann hatte das einen leicht erklärbaren Grund, denn Ivan Barlof war anwesend.

Ivan Barlof war nicht nur der erste Solotänzer und Ballettmeister der Pariser Oper, sondern auch ein schöner junger Mann, für den sie alle heimlich schwärmten. Und das war auch kein Wunder, waren sie alle doch schon um die elf herum. Mädchen, und Pariserinnen dazu. Und hatten sie nicht doppelte Berechtigung, für ihn zu schwärmen, wenn es selbst die noch viel jüngeren schon taten? Die zehnjährigen und die unter zehn? Kein Wunder, dass die Mädchen sich heute bis an den Rand der Erschöpfung plagten.

Und dann kam noch etwas hinzu. Vor einigen Tagen hatte Barlof durchsickern lassen, dass er daran denke, die Hauptrolle in seinem nächsten Ballett mit einer Schülerin zu besetzen. Das war eine Nachricht, die alle Mädchen der Ballettschule verwirrte und erregte, denn selbstverständlich war Barlof nicht nur der Schwarm der elfjährigen und jüngeren, sondern auch der älteren. Hätte die Ballettschule der Pariser Oper einen Ausflug auf den Eiffelturm gemacht, der alte Turm hätte vor so viel Herzklopfen zu zittern begonnen.

Aber dann: Herbe Enttäuschung für die älteren und für die ganz jungen. Barlof hatte sich ausgerechnet die zweite Ballettklasse in den eigenwilligen Kopf gesetzt. Und so saß er da wie ein junger Prinz und beobachtete die Mädchen interessierter, als es den Anschein hatte. Und weil ein Prinz nie ohne Prinzessin auskommt, war er mit der Primaballerina der Oper erschienen, seiner vielbewunderten Partnerin Victoria Lorenz. Beide wirkten ein bisschen amüsiert, ein bisschen gelangweilt. Ihre Mienen verschleierten, was sie dachten, wenn sie in den großen Spiegel genau ihnen gegenüber sahen, der jede Bewegung der Mädchen verdoppelte, also auch deren Fehler.

Immer zu zweit tanzten die Mädchen jetzt vor Barlof und seiner Begleiterin.

Delphine, eine der Schülerinnen der zweiten Ballettklasse, lehnte noch an der Stange und gab sich den Anschein großer Gelassenheit, obwohl der Herzschlag ihr in den Ohren dröhnte. Es war nämlich nicht irgendein Barlof, der da einige Meter von ihr entfernt auf der Bank saß, sondern *ihr* Barlof. Keiner anderen Mitschülerin gehörte er so wie ihr, keine andere verehrte ihn mehr als Vorbild. Immer wenn er tanzte, schlich sie sich, alle Verbote missachtend, in die Kulissen der riesigen Bühne, um ihm so nahe wie möglich zu sein. Tanzte er mit Victoria Lorenz, dann war das eine Täuschung, der Barlof unterlag, denn in Wirklichkeit tanzte er mit Delphine. Es war ein großer Nachteil für ihn, dass er davon keine blasse Ahnung hatte. Und es war überhaupt ein großer Nachteil, dass es in einer Oper zuging wie auch sonst im Leben. Die »Kleinen« hatten keine Verbindung mit den »Großen«. Sie konnten höchstens in der Kulisse stehen und zusehen. Und nicht einmal das war erlaubt.

Und jetzt saß der strahlende Held da, um eine Partnerin für sich auszuwählen. Sie alle hatten eine Chance, geteilt durch zwölf. Den zwölften Teil einer einzigen Chance. Jede konnte gewinnen oder verlieren. Auch sie, die jetzt an der Reihe war.

Delphine tanzte, und sie vergaß den kahlen, etwas muffig riechenden Übungssaal, den großen Spiegel mit den erblindeten Flecken, das Klavier, dessen Klang etwas heiser war. Sie vergaß die strenge Lehrerin, die sie vielleicht nicht so recht mochte, sie vergaß Victoria Lorenz. Nur Barlof, ihren Barlof, den vergaß sie nicht.

Nicht einmal an ihre Mutter dachte sie, die sie doch so sehr liebte. Und etwas später, da tanzte sie plötzlich für sich ganz allein, selbstvergessen und glücklich darüber, tanzen zu dürfen. Sie vergaß sogar, wo sie tanzte, gewiss nicht auf einer Bühne, vielleicht in einem verzauberten Park, auf einer Lichtung im Wald, am Ufer eines Sees oder auf einem fremden Stern. Zum ersten Mal in ihrem Leben überkam sie eine Art Rausch. Sie fühlte, wie sie sich verwandelte, sie entdeckte in sich eine ganz andere Delphine, eine erwachsene, eine Delphine, die beinahe schon eine Frau war ...

Fast musste man sie in die Wirklichkeit zurückholen, in den nüchternen Übungssaal, wie ein Vogelnest unter das riesige Operndach geklebt, zu dem Spiegel, in dem man sich kontrollieren konnte, zu den Kameradinnen, in deren Gesichtern Erstaunen stand und auch Neid.

Denn sie hatten eine ganz andere Delphine gesehen, als sie sie bisher gekannt hatten. Keinen als Mädchen verkleideten Lausbuben oder Kobold, keine Anführerin zu allerhand dummen Streichen und Schabernack. Sie spürten, dass es um sie geschehen war, dass sie ihre Chance verspielt hatten, dass sie einen Augenblick erlebt hatten, in dem eine Entscheidung gefallen war.

Barlof hätte ganz gerne »bravo« gesagt, aber er sparte sich das. Er lächelte nicht einmal dem kleinen Ding zu, das in die Reihe zurücktrat. Er hatte keiner zugelächelt. Er würde seine Entscheidung treffen, und das war dann Anerkennung genug. Tanzen war eine sprachlose Kunst.

Deshalb sagte er auch nichts nach Schluss der Übungsstunde. Er hob lediglich die Hand und wies auf ein Mädchen. Das war seine Entscheidung, seine Wahl.

Das Mädchen war Delphine.

Dieser stumme Vorgang forderte sofort den sehr wortreichen Widerspruch der Ballettlehrerin heraus. Beim Ballett gab es Gepflogenheiten, und diese Gepflogenheiten hatten allesamt einen guten Grund. Nach Meinung der Ballettlehrerin durfte nicht einmal ein Barlof diese Gepflogenheiten außer Acht lassen. Delphine war nicht Klassenerste. Die Ballettlehrerin winkte die Klassenerste heran und stellte sie vor sich hin wie einen Schild. Hier war sie, Julie Alberti. Aber obwohl Julie sonst ein ganz hübsches, ja liebliches Gesicht hatte, starrte Barlof in ein blasses, verkrampftes, schwer enttäuschtes Kleinmädchengesicht.

»Wozu«, rief die Lehrerin erregt, »wozu machen wir eigentlich Prüfungen und Einstufungen, bemühen wir uns um Gerechtigkeit, so gut es eben geht, wenn Sie dann die Rollen einzig und allein nach Ihrem Gutdünken besetzen?«

Barlof war auf diesen Zwischenfall gefasst, er tat, als höre er sehr aufmerksam und höflich zu – und blieb bei seiner Entscheidung. Eine Lehrerin hatte anders zu beurteilen als er. Ihm ging es nicht um Lernfortgang und technisches Können, er hatte nicht Fleiß oder Benehmen zu beurteilen, die Maßstäbe seiner Wahl waren persönliche Ausstrahlung und Temperament.

Delphine und Julie standen jetzt zwischen ihm und der Ballettlehrerin. Die ganze Klasse starrte auf sie. Die berühmte Stecknadel hätte fallen können, und es hätte allen in den Ohren gedröhnt.

Doch Ivan Barlof hatte sich in der Hand. Er lächelte. Er war bereit zu einem Kompromiss und dennoch unnachgiebig. Delphine blieb Nummer eins, Julie sollte als zweite Besetzung einspringen, falls Delphine einmal ausfiele.

Barlof hätte nun einiges feststellen können. Etwa,

dass die Lehrerin die Lippen erregt zusammenbiss, dass Julie erst blass und dann noch röter wurde. Delphine dagegen wirkte, als ob sie fröre, ihr Gesicht war plötzlich eingefallen, ihre Augen waren große Kinderaugen, die nur langsam zu strahlen begannen. Sie ahnte nicht, dass sie eine Lektion zu lernen hatte, nämlich die, dass ein Triumph, und sei er noch so klein, Feindschaften einbringt. Das ist im Leben so wie an der Oper.

Barlof aber verteilte weiter seine Rollen, als wäre nichts geschehen. Auch Delphines Freundin Bernadette Morel erhielt eine. Eine kleine nur, aber es machte sie glücklich.

Dumontier, der Inspizient, immer überfordert, immer überlastet, stürzte sofort auf die beiden Mädchen zu und rief:

»Los! Worauf wartet ihr noch? Sofort in die Kostümwerkstatt! Lasst euch Maß nehmen. Trödelt nicht so lange! Ihr solltet schon wieder hier sein! Fort, dalli, dalli! Und kommt mir ja rechtzeitig zur Probe zurück!«

Hastig zogen die beiden die Tanzschuhe aus, streiften die Wolljacken über und liefen davon. Sie kannten sich aus in den endlosen Gängen des obersten Stockwerks, das von allen im Haus die »Eisbahn« genannt wurde. Hier befanden sich riesige Magazine, Speicher mit unbekanntem Inhalt, Unterrichtssäle, Studios, der Raum mit der undurchschaubaren Maschinerie des riesigen Kronleuchters, der zu Beginn jedes Aktes lautlos nach oben entschwebte.

Plötzlich hielten sie ein. Ein Maler in farbenbekleckstem Kittel war aus einer Tür getreten. Einer Tür, die sie noch nie offen gesehen hatten und die den Blick freigab auf eine steile Treppe und darüber ein schmales Stück Himmel über Paris. Die Treppe führte aufs Dach, auf das Dach der Oper, genauer gesagt, auf eine ganze Landschaft von verschiedenen Dächern, ein Dachgebirge. Die Tür hieß »die verbotene Tür«. Immer war sie verschlossen, und es war streng untersagt, auf das Dach zu steigen. Wie es im Paradies verboten war, vom Baum der Erkenntnis zu essen. Und gerade deshalb kreisten die Gedanken, ja die Träume der Mädchen immer wieder um diese eine verbotene Tür.

Delphine und Bernadette beobachteten aus dem Halbdunkel des Ganges heraus, wie der Maler einen Farbeimer gegen die Tür stellte, damit sie nicht ins Schloss fallen konnte. Dann entfernte er sich in die entgegengesetzte Richtung.

Die Mädchen fühlten das Einmalige des Augenblicks. Die Tür war offen, die Treppe zum Dach lag vor ihnen. Wer sollte da der Versuchung widerstehen?

Bernadette wagte sich als Erste die Treppe hinauf. Dann rief sie von oben: »Komm rasch! Komm, sieh dir das an!«

»Aber wir dürfen doch nicht«, erwiderte Delphine ohne Überzeugungskraft. »Es ist verboten. Wenn wir erwischt werden ...«

»Dann hast du's wenigstens einmal in deinem Leben gesehen, Paris vom Dach der Oper aus! Schau es dir doch an!«

Delphine rannte die Treppe empor, und dann sah sie es. Das Dach der Oper, eine eigene Landschaft mit Dachtälern und Dachgarten, mit Kuppeln, Mauersimsen, symbolischen Figuren. Und hinter diesem einen Dach die vielen Dächer ihrer Heimatstadt, ein Meer von Dächern, wogende Wellen bis zum Horizont. Der Lärm der Straßen klang nur gedämpft herauf.

Bernadette riss Delphine aus ihren Gedanken und wies auf eine der vielen Statuen, den geflügelten Pegasus.

»Erinnerst du dich, dass du gesagt hast, eines Tages würdest du auf diesem Pferd reiten?«

»Stimmt«, sagte Delphine und holte tief Atem.

»Du wolltest bis zur Lyra hinaufklettern.«

»Ja, bis zur Lyra.«

»Du weißt, wir wollten schon immer einen Ausflug aufs Dach machen.«

Delphine hörte nicht ganz hin. »Das ist alles noch viel schöner, als ich es mir vorgestellt habe«, sagte sie.

»Komm, schauen wir uns noch ein bisschen um«, schlug Bernadette vor und ging weiter.

Delphine folgte zunächst zögernd. Bis immer neue Blickwinkel und die sich ändernde Aussicht sie so verzauberten, dass sie vergaß, dass dies ein verbotenes Unternehmen war.

Erst ein weiterer Maler brachte sie in die Wirklichkeit zurück. Er war keine Statue, wie sie zuerst dachten, sondern er stieg plötzlich eine Leiter herunter und kam auf sie zu.

Sie hetzten davon wie junge Katzen, ein Stück Dach hinauf und die Treppe hinunter. Dann stießen sie die verbotene Tür so heftig auf, dass sie gegen die Mauer prallte. Der im Schloss steckende Schlüssel rutschte heraus und fiel in den Farbeimer.

Sofort versuchten sie den Schlüssel herauszufischen, aber da kam pfeifend der Maler zurück, den sie schon vorher beobachtet hatten, und sie rannten zum zweiten Mal vor einem Weißkittel davon.

Atemlos betraten sie etwas später die Kostümwerkstatt, wo Madame Bontemps über Dutzende Näherinnen das Regiment führte.

»Habt ihr es so eilig?«, fragte Madame Bontemps. »Dann kommt nur schnell mit in mein Arbeitszimmer.«

In diesem Arbeitszimmer sah es aus, als hätten Einbrecher Stoffballen zusammengetragen, auf einen Haufen geworfen und wären dann in panischer Angst geflohen. In dem Durcheinander standen einige Schneiderpuppen, ganz so, als hätten sie vor dem Drunter und Drüber, in dem sich nur Madame Bontemps zurechtfand, den Kopf verloren.

An den Wänden dieses Raumes waren viele Fotos mit Stecknadeln angepickt. Darunter Stars wie die Callas, die Tänzerin Chauviré, Furtwängler neben Menotti, Picasso mit dem Komponisten Auric.

Die Mädchen knicksten noch einmal, wie es vorgeschrieben war, und berichteten jetzt mit etwas mehr Atem, dass sie des neuen Balletts *Galatea* wegen kämen.

»Und ich soll euch Maß für eure Kostüme nehmen?«

Die Mädchen nickten.

»Welche Rolle wirst du tanzen?«, fragte Madame Bontemps Delphine.

»Die Galatea.«

Die zierliche Madame Bontemps, zwischen Fäden, Nadeln und Stoffballen gealtert, lächelte. »Weißt du denn auch, was solch eine Rolle für ein Mädchen in deinem Alter bedeutet? Verstehst du überhaupt schon, worum es in diesem Ballett geht?«

»Galatea ist eine Puppe«, antwortete Delphine. »Sie ist so hübsch, dass sie lebendig wird.«

»Wieso lebendig?«

»Einfach so. Und Monsieur Barlof, also ihr Schöpfer – liebt sie mehr als alles andere auf der Welt, weil sie seinem Willen gehorcht. Er bringt ihr alles bei. Alles. Leben, atmen, laufen, spielen, lieben –«

Madame Bontemps lachte laut auf. »Lieben? Du wirst also deinen Schöpfer lieben?«

»Aber natürlich, Madame!«

»Und er, ist er dann auch in dich verliebt?«

Jetzt wurde Delphine rot. »Ich, ich weiß nicht«, stotterte sie.

Madame Bontemps half ihr aus der Verlegenheit. Sie wies auf eine große Kostümskizze. »Da, schau mal. Das ist Galatea.«

Neugierig beugten sich die beiden Mädchen über die Zeichnung, die eine Art Puppe zeigte, drollig und von magischem Zauber zugleich. Die Mischung von

Poesie und Karikatur in ihrem Gesichtsausdruck verwirrte die Mädchen.

»Die sieht aber komisch aus«, meinte schließlich Bernadette.

»So soll ich aussehen?«, fragte Delphine enttäuscht.

»Gefällt dir das denn nicht?«, fragte Madame Bontemps.

Delphine schüttelte den Kopf.

Madame begann Delphine Maß zu nehmen und beruhigte sie. »Mach dir nur keine Sorgen. Am Schluss des Balletts siehst du wirklich ganz zauberhaft aus.«

»Und wieso?«

»Das, nun ja, das ist Monsieur Barlofs Geheimnis.«

Eine Näherin legte das kalte Maßband Delphine an, sie musste den Kopf hochhalten, den Arm beugen, und Madame notierte alle Zahlen, die ihr die Näherin leise zurief.

Delphine konnte ihr Glücksgefühl kaum unterdrücken. Man nahm Maß für ihr Kostüm, das ein Künstler eigens für sie, für ihre Rolle entworfen hatte. Und Barlof hatte sie ausgewählt unter allen. Sie würde die Galatea tanzen und hübsch aussehen. Sie und keine andere.

»Und welche Rolle hast du?«, wandte sich Madame Bontemps nun an Bernadette.

»Ein Mädchen, das im Park mit einem Reifen spielt.«

»Fein, dann kommt übermorgen zur ersten Anprobe.«

»Gewiss, Madame. Und wann bitte?«

»Um dreizehn Uhr dreißig.«

»Da können wir nicht, Madame. Da haben wir Unterricht.«

»Also dann um fünfzehn Uhr.«

»Da haben wir Probe.«

»Die armen Dinger«, sagte Madame Bontemps zur Näherin. »Haben nicht einmal Zeit zum Verschnaufen!« Sie überlegte und meinte dann: »Zerbrecht euch nicht den Kopf, Kinder. Ich werde mit Monsieur Dumontier schon einig.«

»Vielen Dank, Madame.«

Die Mädchen stoben davon, um pünktlich zur Probe zu kommen.

Ivan Barlof hatte inzwischen alle Darstellerinnen ausgewählt. Er verabschiedete sich mit Handkuss von der Ballettlehrerin, die ihm nicht die Spur eines Lächelns schenkte, und verließ mit Victoria Lorenz den Übungssaal.

Nun übernahm der Inspizient das Kommando. »Alle Kinder, die Probe haben, nach vorn! Die anderen nach hinten! Und in Reih und Glied!«

Kaum hatte die zweite Klasse den Übungssaal verlassen, erschien bereits die nächste zum Unterricht. Klavierspiel erklang und die strengen Rufe der Lehrerin, bis sie sich so weit entfernt hatten, dass beides in der Eisbahn verhallte.

Als sie aber außer Hörweite waren, fiel alle Disziplin von ihnen ab. Trotz aller Ermahnungen setzten sie ihren Weg so laut wie nur möglich fort. Die zarten, anmutigen Tänzerinnen stampften einher wie ein Haufen wilder Landsknechte. Sie trampelten, dass einem das Fürchten kommen konnte. Anmutig und grazil mussten sie wirklich lange genug sein.

Als sie an einer Telefonzelle vorbeizogen, brachten sie einen Maler, der darin telefonieren wollte, in helle Verzweiflung.

»Ich verstehe kein Wort!«, brüllte er schließlich in die Sprechmuschel.

Dumontier, gewiss nicht leicht zu erschüttern, übertönte die Mädchen mit lautstarker Stimme: »Ruuuu-he!«

Aber die Mädchen wussten, dass er damit nur der Form Genüge tat, und wurden nicht leiser. Dumontier achtete daher nicht auf den Maler, der sich vergeblich bemühte, ihm das Verschwinden des Schlüssels zu melden.

Der Weg führte an der Tür vorbei. Und die Tür stand offen. Sie konnten ein Stück Himmel sehen, Bruchteile der Architektur. Das also lag dahinter. Das war das verbotene Paradies: eine Welt von Dächern und Kuppeln, ausgebreitet unter dem Himmel. Keiner durfte sich hinauswagen, denn zur Gefahr kam die strenge Strafe dazu.

Zwei brachen aus der Reihe und näherten sich der Tür. Aber Dumontier schoss vor, schmiss sie zu, wies auf das Schild »Durchgang verboten« und tobte: »Könnt ihr nicht lesen?«

Die Mädchen sahen Dumontier treuherzig an, blieben aber stumm. Das brachte ihn noch mehr in Rage.

»Los! Alle ins Klassenzimmer! Ich werde euch schon beibringen, was Disziplin ist!«

Die meisten Mädchen begaben sich nun ins Schulzimmer, wo sie von Mademoiselle Aubert, einer jungen, freundlichen Lehrerin, bereits erwartet wurden. Nur die von Barlof ausgewählten gingen zur Rotunde weiter. Sie mussten wieder an der verbotenen Tür vorbei. Ein Feuerwehrmann schloss sie gerade mit einem Nachschlüssel ab.

Delphine kicherte. »Ob der den Schlüssel schon gefunden hat?«, fragte sie Bernadette.

Die prustete los: »Jetzt haben sie schon Verstärkung geholt! Die finden den Schlüssel selbst mit der längsten Leiter nicht!«

Die Angelegenheit war für sie spannender, als sie in Wirklichkeit war. Wie Verschwörer hüteten sie ein Geheimnis. Zumal der Mann im bekleksten weißen Kittel, den sie schon kannten, auch da war. Er schien allerdings weniger zu malen, als immer nur Farbeimer von einem Ort zum anderen zu tragen. Das war ungeheuer belustigend, denn der Ahnungslose wusste nicht, dass er mit der Farbe auch den Schlüssel forttrug, den er so krampfhaft suchte.

Aber ihr Weg führte weiter zur Rotunde. Sie trippelten eine schmale Treppe hinauf und gelangten in einen großen, kreisrunden Saal. Durch die vielen Fenster in der dicken Mauer konnte man in alle Richtungen der Windrose sehen. Und vor allem auf das Gewirr der vielfach verschachtelten Dächer der Oper.

Aber dazu hatten sie keine Zeit. Barlof erwartete sie

schon, und Victoria Lorenz arbeitete bereits an der Stange, um ihren Körper geschmeidig zu machen. Ihre Bewegungen waren voll Leichtigkeit und Harmonie, ihr Gesicht strahlte. Niemand kam auf den Gedanken, dass sie sich bei diesen Übungen anstrengte.

Schnell und lautlos huschten die Schülerinnen an die Stange, die rings um den Saal lief und nur von der Eingangstür unterbrochen wurde. Sie warfen die Taschen mit den Wollsachen und Reserveschuhen auf den Boden und richteten den Blick auf Barlof.

Die Probe begann.

Barlof trat in die Mitte des Saales und erklärte Delphine bedächtig und genau jede einzelne Bewegung. Dann zählte er laut den Takt. Er erläuterte die Schritte, die er von ihr verlangte, und löste sie in Einzelbewegungen auf, damit sie sich im Gedächtnis des Mädchens einprägen konnten.

Das Ballettkorps beobachtete aufmerksam, wie Delphine sich anstellte. Sie spürte die prüfenden Blicke. Sie musste die Wahl rechtfertigen, die der Meister getroffen hatte, und war mit Leib und Seele bei der Sache. Und doch stockte manchmal ihr Herzschlag. Denn eine große Aufgabe beschwingt nicht nur, sie ist auch bedrückend.

Ein paar Reihen hinter Delphine probte Julie, wie es sich für die zweite Besetzung gehörte. Es waren die gleichen Schritte, die gleichen Bewegungen. Aber Julie war zum Heulen zumute. Sie presste die Lippen aufeinander und versuchte, die Tränen niederzukämpfen.

Am liebsten hätte sie sich irgendwohin verkrochen und losgeheult, denn sie war verzweifelt. Immer hatte sie ihr Letztes gegeben, immer hatte sie ihren ganzen Ehrgeiz eingesetzt, und nun hatte Delphine ihr die schöne Rolle und alles, was damit zusammenhing, vor der Nase weggeschnappt. In ihrer Brust war ein glühender Schmerz. Barlof hatte sie zu sehr gedemütigt, und sie würde sich nie damit abfinden. Nie! Er hatte sie ungerecht behandelt und gekränkt. Das konnte sie nie vergessen.

Die Klassenkameradinnen teilten nicht so ganz Julies Schmerz. Im Gegenteil, sie hatten bei der Entscheidung Barlofs eine gewisse Genugtuung verspürt. Im Gegensatz zu den anderen Mädchen hatte sich Julie sehr vermögende Eltern ausgesucht, und das hatte sie die anderen immer ein wenig spüren lassen. Außerdem fanden die Mädchen, dass Julie für ein Kind reicher Eltern viel zu hübsch sei und als Tänzerin auch ein bisschen zu sehr begabt. Es war ungerecht, dass das Leben dem einen alles schenkte und bei dem anderen knauserte. Die anderen fühlten sich geradezu aufgerufen, ein bisschen ausgleichende Gerechtigkeit zu üben, und so schenkten sie Julie zu allem, was sie schon hatte, das eine nicht dazu, ihre Sympathie. Trotzdem mussten sie zugeben, dass sie mit Recht Klassenerste war, die Lehrerin hätte sie gar nicht so bevorzugen brauchen, wie sie es manchmal tat.

Auch Victoria Lorenz hatte versucht, Julie zu trösten und sie von ihrem Schmerz abzulenken. Ja mehr noch, sie hatte Julie eingeladen, vor der Abendvorstellung in ihre Garderobe zu kommen. – Hätte sie das bei einer anderen gemacht? – Bestimmt nicht!

Auch Delphine kannte die Zuneigung, die Victoria für Julie hegte. Sie zitterte, weil sie neben ihr tanzen musste. Doch Barlofs Nähe feuerte sie an.

Etwas später hörte sie, wie Barlof fragte: »Nun, was hältst du von der Kleinen?«

»Sehr nett«, antwortete Victoria.

Das ermutigte Delphine. Vor Freude verlor sie etwas das Gleichgewicht und patzte bei den Pirouetten. Stürzte jetzt eine Welt ein?

Aber die Primaballerina war kollegial. Sie zeigte Delphine, wie man es machen musste. »Schau mal her. Halt deinen Rücken gerade. So. Genau so. Siehst du?« Und Victoria setzte an und drehte mehrere untadelige Pirouetten auf der Spitze. »So, und jetzt bist du dran.«

Delphine hielt den Rücken gerade, setzte noch einmal an, und Victoria kommandierte: »So, ja. Rücken straff halten! Bauch einziehen! Blick geradeaus! Plié machen, und ... aufsetzen!«

Alle Blicke waren auf die beiden gerichtet.

Unbeachtet und vollkommen verzweifelt tanzte dann Julie ihr Solo. Sie wusste, dass sie schlecht war, denn sie fand kaum die nötige Kraft für ihre Pirouetten.

Ein Glück, dass eine Aufseherin sie erlöste. Sie wartete, bis die begonnene Tanzfigur beendet war, und trat dann an Barlof heran.

»Maître, es ist halb fünf. Die Zeit ist um. Die Kinder müssen jetzt gehen.«

Delphine bedauerte, dass die Probe schon zu Ende war.

Wie es sich für artige Mädchen gehört, verabschiedeten sie sich von Ivan und Victoria mit einem graziösen Knicks.

In ihrer Garderobe hätte man sie kurz darauf nicht wiedererkannt. Hier fühlten sie sich in ihrem Element, und die Aufseherinnen versuchten erst gar nicht mehr, Ordnung in die wilde Horde zu bringen. Das hatten sie längst aufgegeben. Außerdem hatten sie ein Einsehen. Von den Kindern wurde das Arbeitspensum eines Erwachsenen verlangt, wenn nicht mehr. Dazu kamen die fast militärische Disziplin im Ballett, das harte und anstrengende Training, die Aufführung am Abend, wenn die Altersgenossinnen der Mädchen längst im Bett lagen, das selbstverständliche Umgehen mit Schminke und Kosmetikas, um dann doch immer wie ein Kind behandelt zu werden. Das alles stieß die Mädchen in eine angespannte, fast unwirkliche Atmosphäre. Während die anderen nur die Schule besuchten, erlernten sie gleichzeitig einen Beruf und übten ihn zum Teil schon aus.

Deshalb waren die kurzen Pausen so kostbar. Deshalb musste in ihnen getobt, getrampelt und gelärmt werden. Deshalb mussten sie hinauf auf die Tische und auf die Schränke, und deshalb lockte sie die »verbotene Tür« und das Dach der Oper. Ja, das war der Grund.

Jetzt waren es nur die Tische und die Schränke. Und

Mercedes, die Garderobiere, die die Mädchen betreute, übersah und überhörte gelassen alles, was die Mädchen trieben. Man hatte sie nie schreien gehört, und sie tobte auch nicht wie der Inspizient. Sie schlug auch nicht die Hände über dem Kopf zusammen und richtete den Blick nicht zum Himmel. Sie hatte ein Einsehen mit den Mädchen. Im Grunde genommen taten sie ihr leid. Und außerdem hatte sie schon ganz andere Situationen erlebt als diese. So kam es, dass sie nie die Übersicht verlor, wenn auch alles drunter und drüber ging. Und die Mädchen sahen in ihr so etwas wie eine gütige, alt gewordene Fee.

In hohem Bogen warfen die kleinen Ballerinen Trikots und Tanzschuhe von sich, und sich gegenseitig überschreiend, schlüpften sie wieder in die Alltagskleidung.

War das ein turbulenter Tag gewesen! Allein schon das Auftauchen Barlofs hatte sie aufgeregt. Dann erst recht seine Entscheidung, und dann auch gleich noch die erste Probe. Und der Krach mit der Ballettlehrerin, und die Wut von Julie. Und ganz nebenbei noch die Sache mit der Tür. Plötzlich stand sie offen, und man sah ein Stück Himmel über den Dächern. Einmal da oben sein, dachauf, dachab laufen, sich hinter Figuren verstecken. So gefährlich konnte das nicht sein. Denn nicht alle Dächer waren steil, das konnte man von der Rotunde aus sehen. Und auf die Kuppel der Rotunde musste man nicht gleich klettern. Auf jeden Fall war das Dach für sie genauso verlockend wie für Astronauten die Oberfläche des Mondes.

Da waren einige, die spielten sich vor Delphine auf. »Du hast ja keine Ahnung, was wir gesehen haben!«, sagten sie. »Wenn du das wüsstest!«

»Na, und was habt ihr gesehen?«, fragte Delphine.

»Die Tür stand offen.«

Delphine tat gelangweilt. »Ach, das habe ich doch auch gesehen. Sie war offen, und was habt ihr noch gesehen? Nichts!«

Mercedes war schon mit anderer Arbeit beschäftigt. Sie heftete an die Wand, die den Garderobenschränken gegenüberlag, den Kostümplan für die Abendvorstellung. Der war ziemlich umfangreich. Auf dem Programm standen das Ballett »Giselle«, »Symphonie concertante« und das »Defilee«. Beim Defilee kam das gesamte Ballettkorps auf die Bühne, dazu die Schülerinnen sämtlicher Klassen. Mercedes sah einen anstrengenden Abend heraufziehen. Deshalb achtete sie auch nicht darauf, worüber sich die Mädchen unterhielten, und selbst wenn sie sich angestrengt und die Ohren gespitzt hätte, sie hätte es doch nicht herausbekommen, denn jedes Mal, wenn sie in die Nähe der Mädchen und Delphines und Bernadettes kam, dämpften die ganz gehörig ihre Stimmen.

Ehe sie es sich richtig versahen, waren Delphine und Bernadette der Mittelpunkt einer äußerst geheimen Verschwörung. Denn natürlich konnten die Mädchen, die nur die offene Tür gesehen hatten, den beiden nicht imponieren. Da hätten sie schon mehr vorweisen müssen. Sie, Delphine und Bernadette, hatten nicht nur die offene Tür gesehen. Sie hatten ein bisschen mehr erlebt. Sie waren oben gewesen, oben auf dem Dach. »Ja, großes Ehrenwort! Wir waren wirklich oben.« Sie hoben die Hand zum Schwur. »Und da oben ist es noch viel schöner, als ihr es euch vorstellen könnt. Und von Gefährlichkeit keine Spur. Manche Dächer sind nur ganz flach geneigt. Und zur Straße hin ist eine Balustrade aus Stein. Da kann man nicht abstürzen.«

Kiki fraß der gelbe Neid. Ärgerlich stampfte sie mit dem Fuß auf. Am liebsten hätte sie »verdammt« gesagt, so aber sagte sie nur: »Seit wir hier sind, reden wir davon, dass wir einmal aufs Dach steigen. Aber wir reden nur immer davon.«

Delphine zog Kiki zu sich heran. »Wenn ihr wirklich aufs Dach wollt, dann braucht ihr nur den Mund aufzutun. Wir wissen nämlich noch etwas.«

»Was denn?«

»Wo der Schlüssel zur Tür ist.«

»Wo denn?«

Delphine wechselte mit Bernadette einen Blick. Sie machte die Sache spannend. Schließlich war das bis jetzt ihr Geheimnis gewesen. »In einem Farbeimer.«

»Versuchen wir's doch gleich heute«, schlug Bernadette vor. »Dann haben wir es hinter uns, und keiner kann es uns nehmen.«

Das war genau das, was die anderen hören wollten. Sie klatschten in die Hände und waren ganz dafür. Alle.

Alle? Nein, Julie hatte sich weder an der Unterhaltung noch an dem Geschrei beteiligt. Und als die anderen sie jetzt fragten, was sie von dem geplanten Unternehmen halte, wandte sie ihnen nur stumm den Rücken zu.

Das hätte sie nicht tun sollen, denn das ärgerte die anderen mächtig. Und sie konnten schon ganz schön giftig sein.

»Wisst ihr eigentlich, was das einbringt, wenn man Klassenerste ist?«, fragte Kiki boshaft.

»Die zweite Besetzung«, sagte eine andere.

»Ich muss sagen, das ist nicht gerade viel.«

»Ja, es nützt eben nichts, nur bei den Direktoren gut angeschrieben zu sein. Auch Monsieur Barlof hat seine Lieblinge, und auf den kommt's an.«

»Und die liebe Mama wird schön verschnupft sein von wegen Hauptrolle in ›Galatea‹.«

»Lasst sie in Ruhe!«, rief Delphine. Und zu Julie sagte sie: »Du weißt doch, ich kann wirklich nichts dafür ...«

»Weiß ich.«

»Dann sei nicht traurig, und mach heute Abend mit.«

Kiki, die vorher so ziemlich das loseste Maul gehabt hatte, war sofort versöhnungsbereit. »Klar, mach mit, das wird bestimmt eine ganz tolle Sache.«

Julie gab keine Antwort.

Mercedes legte unermüdlich die Kostüme für die Abendvorstellung bereit. Die traditionellen Tutus für das Defilee, die sich über den Wandschränken wie voll aufgeblühte Blumen ausbreiteten, die Diademe und Ballettschuhe, die Galakostüme, die heute Abend das ganze Ballettkorps, von der kleinsten Elevin bis zum größten Star ohne jeden Unterschied tragen würden.

Dann verabschiedeten sich die Mädchen kurz von Mercedes, verließen die Garderobe, stürmten die fünf Treppen hinunter und freuten sich, draußen an der Luft, jenseits der Gitterportale, wieder ihre Freiheit zu haben.

Einige schnappten nur im Hof der Oper nach Luft, der von Wagen vollkommen verstellt war. Und trotzdem war es ein stiller Erholungsort, den Chorsänger und Tänzer gern aufsuchten.

Andere fuhren schnell nach Hause, um Schularbeiten zu machen und rasch eine Kleinigkeit zu essen. Sie hatten nicht viel Zeit, es war knapp vor fünf, und um acht mussten die Mädchen wieder in der Oper sein.

Delphine, Bernadette und Suzon warteten an der Place de l'Opéra auf den Bus.

Vera und Reinette, zwei Schwestern, entfernten sich zu Fuß in Richtung Rue de la Michodière, wo sie wohnten. Sie würden heute Abend mitmachen. Und deshalb drehten sie sich immer wieder nach ihren Freundinnen um und wiesen zum Dach der Oper hinauf.

Das Trio an der Haltestelle deutete auch dorthin. Ja, es war das Dach der Oper, ihrer Oper, in der sie den größten Teil ihres Lebens verbrachten. Für sie war die Oper die Welt. Eine Stätte besonderer Weihe und Heimat zugleich. Sie war ihre Gegenwart und Zukunft, und sicherlich war die Zukunft groß und schön, ja triumphal.

Ihre Blicke blieben an der Hauptkuppel mit der riesigen Lyra haften.

»Hoffentlich bleibt uns genug Zeit«, jammerte schon jetzt Suzon. »Ich möchte ganz nach oben klettern, dort ist es bestimmt am schönsten.«

»Du kannst dir gar nicht vorstellen, wie schön das ist«, sagte Delphine. »Es ist, als wäre man ein Vogel und auf dem Dach gelandet.«

Quietschendes Bremsengeräusch beendete ihre Schwärmereien. Delphine rannte zu ihrem Bus, und Suzon stürmte ihr nach.

Bernadette blieb zurück und winkte. »Bis heute Abend! Und verspätet euch nicht!«

Am Palais Royal stieg Suzon aus. »Also um acht in der Garderobe! Komm bloß nicht zu spät«, sagte sie zum Abschied.

Delphine war allein. Sie versuchte Ordnung in ihre Gedanken zu bringen. Was war das für ein merkwürdiger, unvergesslicher Tag schon bis jetzt! Eigentlich schade, dass das Unternehmen heute Abend, die Sache mit der Tür und dem Schlüssel, alles andere verdrängte, was eigentlich doch viel wichtiger war. Als kleines Mädchen war sie heute Morgen von daheim weggegangen, und nun kam sie mit einer Hauptrolle zurück. Barlof persönlich hatte sie ausgewählt. Und er verstand etwas vom Fach. Sogar sehr viel.

Der Bus fuhr die übliche Strecke, wie an jedem Tag.

Louvre, Seinequai, Pont Neuf. Und der Busfahrer und der Schaffner hatten nicht die geringste Ahnung, dass sie eine Hauptrolle übertragen bekommen hatte! »Galatea« hieß das Ballett, und sie würde die Galatea tanzen. Woche für Woche an der Seite des Meisters. Barlof hieß er, und er war ihr Vorbild, und sie wollte ihn nie, niemals enttäuschen. Er sollte seine Wahl nicht bereuen.

Ach, würde sie sagen, wenn ein Mädchen wieder einmal besonders von Barlof schwärmte, für den schwärmst du, für meinen Kollegen? Und vielleicht konnte sie dem Mädchen eine Karte besorgen, damit es sah, wie sie, Delphine Nadal, mit Ivan Barlof tanzte, hingerissen und selbstvergessen. Und das Publikum erhob sich nach der Vorstellung wie ein Mann und applaudierte mindestens eine halbe Stunde lang. Und wenn sie und Barlof sich verneigten, schwoll der Applaus immer wieder an, obwohl das fast schon unmöglich war. Und in einer Loge, in einer der besten, wo sonst immer nur ganz prominente Leute saßen, schimmerte ein Gesicht, das sie so gut kannte wie keines sonst auf der Welt. Es war das Gesicht ihrer Mutter, und die Mutter strahlte und war glücklich, so sehr, dass ihr die Tränen über die Wangen liefen ...

Delphine war müde und ein wenig schläfrig, und der Sitz im Bus war so bequem wie sonst nie. Draußen zog Paris vorüber. Und das war nicht irgendeine Stadt. Gewiss nicht. Andere machten ihre ersten Tanzschritte auf der Bühne eines kleinen Provinztheaters. Sie landete mit einem Riesensprung auf den Brettern der Pariser Opernbühne, und in einer Hauptrolle dazu. Wenn das kein Glück war!

Die Stimme des Schaffners rief sie in die Wirklichkeit zurück. »Pont de l'Archevêché!«, rief er ein zweites Mal. Delphine zuckte zusammen, griff nach Tasche und Schulmappe, rannte zum Ausstieg und sprang auf die Straße. Sie eilte über die Brücke und gelangte auf die Isle Saint-Louis. Ihr war, als hätte sie Flügel. So kurz war der Weg von der Bushaltestelle zu ihrem Haus noch nie gewesen. Als sie die Treppe hinaufstieg, hörte sie schon Schreibmaschinengeklapper.

War das Mama? Sie nahm die letzten Stufen doppelt, sperrte die Tür auf, warf in der Diele Tasche und Schulmappe weg und stand dann mit ärgerlicher Miene in der Tür: »Was hat der Arzt gesagt?«, fragte sie, so streng sie konnte. Und als sie keine Antwort bekam: »Du solltest doch nicht aufstehen, nicht vor morgen.«

Die Mutter spielte ein bisschen mit, sie zeigte sich bedrückt wegen der Schelte, obwohl sie nur eines interessierte: »Und wie ist das Probetanzen ausgegangen?«

Delphine überhörte die Frage zum Spaß und ließ sich noch ein bisschen bitten. Doch je länger sie schwieg, umso mehr verriet sie ihr strahlendes Gesicht.

»Hat es geklappt?«, fragte die Mutter zaghaft. »Sag's doch endlich!«

Nun sprudelte es aus Delphine nur so heraus. »Stell dir vor, wir alle mussten Monsieur Barlof vortanzen. Hatte ich eine Angst! Ich hatte einen Augenblick das Gefühl, zwei linke Beine zu haben und nicht zu wissen, wo links und rechts ist. Aber dann wurde ich plötzlich ganz ruhig. Und dann, dann hat er mich ausgewählt, und die Ballettlehrerin war gar nicht damit einverstanden. Aber er sagte, ich hätte Temperament.«

Die Mutter lachte. »Das hat Barlof gesagt?«

»Ehrenwort, Mama! Monsieur Barlof hat das wirklich gesagt. Und es passte der Lehrerin ganz und gar nicht. Sie war richtig wütend. Sie wollte, dass Julie die Galatea tanzt, weil sie doch Klassenerste ist. Außerdem ist Julies Vater sehr reich, und überall, wo er hinkommt, macht man das, was er will. Aber bei Monsieur Barlof war nichts zu machen, und ich bin die Galatea!«

»Ich kann's noch gar nicht glauben«, sagte die Mutter, die vom Leben nicht so sehr verwöhnt worden war wie Julies Vater. Wenn sie, Therese Nadal, irgendwo hinkam, machte man nur selten das, was sie wollte. Sie war eine kleine Sekretärin, noch jung, und sie war ganz hübsch, aber ihre Wünsche standen in keinem Verhältnis zu ihren Mitteln.

Für ihre Tochter wollte sie all das erreichen, was ihr selbst versagt geblieben war. Delphine sollte einen Ausnahmeberuf haben, der ihr Leben reich machte, anstatt ihre Kräfte vorzeitig aufzuzehren. Die Wünsche der Mutter waren nicht ungefährlich, denn nicht immer genügt es, dass die Mutter hohe Ansprüche an die Tochter stellt. Ein Kind konnte an solchen Wünschen zerbrechen. Aber zum Glück war Delphine wirklich begabt. Aus ihrer Natur heraus, sie war keine Streberin, sie hatte einfach Talent.

Sie beide fühlten sich in diesem Augenblick enger verbunden denn je. Die Zukunft hatte eine Spur an Ungewissheit verloren. Sie konnten Pläne schmieden und von dem sprechen, was erreichbar schien.

Was war das nur für ein herrliches Leben!

Nachdem sich Delphine mit sichtlichem Appetit gestärkt hatte, machte sie sich an die Schularbeiten. Therese setzte sich wieder an die Schreibmaschine, um trockene Verwaltungsberichte zu tippen. Aber das machte ihr heute nichts aus. Ihre Tochter würde die Galatea tanzen, man würde über sie in den Zeitungen schreiben und im Rundfunk berichten. Hatte sich nicht alles gelohnt, was sie auf sich genommen hatte? Mit elf Jahren hatte ihr Kind die erste große Rolle, machte es die ersten Tanzschritte zum Ruhm!

Die Türklingel schrillte zweimal kurz.

»Das wird Frederic sein!«, rief Delphine und sprang auf, um die Tür zu öffnen.

Es war tatsächlich Frederic. Er stand in seiner typischen Haltung vor der Tür und lächelte. Frederic war Cellist im Opernorchester, ein sanfter, stiller Mann. Er wohnte in der Etage über ihnen und gehörte fast schon zur Familie. Immer wieder half er Therese mit seinem Rat, es machte ihm Freude, ihr beizustehen.

Delphine begrüßte ihn mit einem übertriebenen Knicks, der Frederic beinahe ein wenig verlegen machte. »Na, na«, sagte er, »das war ja ein vollendeter Hofknicks, und ich bin nicht einmal König.« Aber dann erkannte er die besondere Stimmung von Therese und Delphine, lächelte und sagte: »Hier scheint ja das Glück persönlich zu Hause zu sein. Darf man fragen, wem man gratulieren kann?«

Zu gerne wäre Delphine mit der Mitteilung herausgeplatzt, dass man ihr zu gratulieren habe, aber dann fand sie es spannender, Frederic raten zu lassen.

Er ging sofort auf den Vorschlag ein und tat, als überlege er ganz angestrengt. »Ging da heute nicht ein Raunen durch die Oper«, sprach er zu sich selbst, »dass der allgewaltige Barlof sich eine Tänzerin für die Galatea aussuchen solle?«

»Richtig!«, bestätigte Delphine und zappelte jetzt selbst vor Erregung.

»Hat er nicht deiner Ballettklasse beim Training zugesehen, um dann seine Entscheidung zu treffen?«

»Richtig!«, sagte Therese.

»Und hat er eine Entscheidung getroffen?«

»Ja!« Delphine hielt sich sofort den Mund zu, um nicht mehr zu verraten.

»Ja, für wen kann er sich da entschieden haben? Soviel ich weiß, sind in der zweiten Ballettklasse zwölf Mädchen, einige davon kenne ich. – Julie?«

»Nein«, rief Delphine.

»Suzon?«

»Nein.«

»Bernadette?«

»Nein, nein!«

»Ja, für wen denn dann?«

»Für mich!«, platzte nun Delphine heraus. »Ich bin die Galatea!«

»Sie ist die Galatea!«, rief Therese zur gleichen Zeit.

»Nein«, sagte Frederic, »nein! Also da muss ich gratulieren!« Lachend umarmte er Delphine, und dann küsste er Therese die Hand.

Es war schön für die beiden, dass sie jemanden hatten, der sich mit ihnen freute. Und für Frederic war es schön, dass er bei ihnen ein wenig zu Hause war. Und doch war seine Freude einen Augenblick lang getrübt. Als er nämlich daran dachte, dass sie sich miteinander viel mehr freuen könnten, wäre er Thereses Mann und Delphines Vater. Dass es nicht so war, war wahrscheinlich nicht nur die Schuld der beiden, sondern auch seine.

Aber er musste jetzt die Gedanken zur Seite drängen. Noch war Delphine nicht genug gefeiert.

»Ich hoffe«, begann er, »nein, ich weiß, dass du dir bewusst bist, welche Auszeichnung dir damit zuteilwurde. Du bist alt genug, um das zu verstehen. Und da du die uneingeschränkte Unterstützung deiner Mutter hast, kannst du sicher sein, dass du es sehr weit bringen wirst.«

Noch einmal erzählte Delphine den Ablauf der Tanzprobe ganz genau. Wie Barlof sich verhalten hatte, wie Victoria Lorenz und die Ballettlehrerin. Und da es ihren Triumph doch um eine Kleinigkeit kostbarer und reizvoller machte, berichtete sie auch von der Enttäuschung Julies.

Ach, Delphine hätte lange davon sprechen können! Frederic unterbrach aber schließlich ihren Rede-schwall.

»Entschuldige, weißt du eigentlich, wie spät es ist? Vergiss nicht, dass meine Mutter dich zur Klavierstun-de erwartet.«

Delphine tippte sich selbst an die Stirn und holte so-fort die Notenmappe.

»Kommen Sie mit?«, fragte sie Frederic an der Tür.

Aber der schüttelte den Kopf. »Nein, ich möchte mich noch gern ein Weilchen mit deiner Mutter unter-halten.«

»Dann sorgen Sie aber dafür, dass Mama sich wieder hinlegt. Sie darf sich noch nicht anstrengen. Ausdrück-liche Anordnung vom Arzt.« Wieder machte sie einen zierlichen Knicks, zog die Tür ins Schloss und sauste die Treppe hinauf zu Madame Aubry.

Delphine mochte die resolute, weißhaarige Dame recht gern. Sie mochte auch ihren Sohn Frederic, ob-wohl der nicht so energisch war wie seine Mutter. Aber das hatte wohl mit dem Instrument zu tun, das er spielte. Mit einem Cello musste man sorgsam umge-hen.

Und außerdem hatte sie Frederic eine Menge zu ver-danken. Er nahm sie nicht nur in seinem Wagen mit, wenn sie am Abend in der Oper zu tun hatte. Er war es auch gewesen, der sie überhaupt in der Ballettschu-le vorgestellt hatte. Genau genommen, dachte sie, hät-te ich mich heute noch einmal bei ihm bedanken müs-sen.

Aber es lag auch an Frederic, dass sie das nicht getan

hatte. Er war zu still und in sich gekehrt, er hatte sie nicht an den Tag erinnert, an dem er mit ihr in die Oper gegangen war. Zum ersten Mal! Aber sie würde noch genug Gelegenheit finden, sich bei ihm zu bedanken.

Und so kam es, dass sie heute in der Klavierstunde nicht so bei der Sache war wie sonst. Sie musste an so vieles denken. An Barlof und seine Entscheidung, an ihren Triumph und Julies herbe Enttäuschung, an Frederic und seine Schüchternheit, an den kurzen Ausflug aufs Dach und an das Abenteuer, das ihr und den Kameradinnen heute Abend noch bevorstand.

»Hast du die Etüde im Bassschlüssel geübt?«, fragte Madame Aubry.

Sie bejahte und musste sofort an den ganz anderen Schlüssel denken, der im Farbeimer lag. Diesen kostbaren Schlüssel, der die Tür zum Abenteuer öffnen würde. Sie spielte ihre Tonleiter lauter als gewöhnlich, als könnte sie damit ihre Gedanken übertönen. Fast hatte sie Angst, Madame Aubry könnte sie erraten.

Aber Madame Aubry war heute nicht die kritische Zuhörerin wie sonst. Sie ließ das Kind spielen und war mit den Gedanken bei ihrem Sohn. Sie sorgte sich um ihn. Hatte sie etwas falsch gemacht? Frederic war immer ein stiller Junge gewesen, und anfangs war sie auch froh darüber, denn sie hatte dadurch mehr von ihrem Sohn als andere Mütter. Aber hatte ihre Energie ihn nicht ein wenig zu gefügig gemacht? Gewiss, er war kein Boxer, sondern ein Musiker, ein Künstler, aber hätte er nicht doch ein wenig energischer seine Pläne betreiben können? Die beruflichen wie die privaten?

Madame zuckte zusammen, da Delphine danebengegriffen hatte, aber sie sagte nichts. Immer, wenn Frederic sich ein neues Auto kaufen wollte, war seine erste Frage, ob man in dem Wagen ein Cello unterbringen könnte. Nie fragte er, ob es sich als Familienwagen eigne. Eine Frau und ein, zwei Kinder vielleicht.

Und jetzt verehrte er schon seit Jahren die Mutter dieses Mädchens hier. Und es ging eigentlich nichts weiter. Da die Nadals und sie die gleichen Interessen hatten, bildeten sie fast eine Familie, fehlte an Sonn- und Feiertagen irgendetwas im Haus, dann halfen sie einander aus. Aber mehr war es nicht.

Als Frederic noch jünger war, hatte sie sich immer getröstet und sich eingeredet, es habe noch viel Zeit. Aber jetzt hatte er nicht mehr viel Zeit. Und die Gefahr, dass sie ihn eines Tages einsam zurücklassen würde, wurde immer größer.

Wie schon gesagt, standen heute Abend auf dem Programm »Giselle«, »Symphonie concertante« und das »Défilé«.

In der Garderobe der zweiten Ballettklasse ging es, ganz im Gegensatz zum Nachmittag, unnatürlich ruhig zu. Die ergraute Garderobiere Mercedes dachte zunächst an ein Ohrleiden, weil es so still war. Aber ihre Ohren waren gesund wie am Nachmittag, nur die Mädchen verhielten sich so ruhig, als hätte sie eine Epidemie befallen, bei der die Stimmbänder versagten. Und dann waren alle so überpünktlich! Sogar die, die nur am Schluss des Abends, beim Defilee, auf der Bühne sein mussten, waren auch schon da.

Mercedes war beunruhigt. Was führten die Kleinen im Schilde, dass sie sich so wohlerzogen, so hilfsbereit, ja fast engelhaft gaben? Heute flogen keine Kleider und keine Schuhe umher. Alles wurde hübsch zusammengelegt, aufgehängt und paarweise weggestellt.

Dann saßen die Mädchen vor den Spiegeln und schminkten und frisierten sich.

Die alte Mercedes hockte auf einem Stuhl in einer Ecke und überlegte, was die Kleinen vorhaben könnten. Ach, sie kannte alle, und meistens wusste sie auch, was so im Schwange war. Nur diesmal tappte sie vollkommen im Dunkeln.

Sie starrte vor sich hin, dachte an ihre winzige Wohnung, die sie sich so wohnlich eingerichtet hatte, wie es nur ging, und nahm nur am Rande wahr, wie Schminke und Frisur die kindlichen Gesichter veränderten. Es war, als würden sie andere Wesen. In ihren Haaren steckten glitzernde Blüten, und ihre Augen wirkten übermäßig groß und strahlend. Und die Lippen waren schon wie Frauenlippen, rot und schwellend. Nein, solch elfenhafte Wesen von einer fast übernatürlichen Anmut konnten nichts Böses vorhaben oder ihr gar Kummer bereiten wollen.

Mercedes, schon ein wenig müde von der Arbeit und den Anstrengungen des langen Tages, atmete auf.

Nein, Mädchen, die solch hübsche Gesichter hatten, würden ihr keinen Ärger machen.

Indessen folgten die kleinen Tänzerinnen aufmerksamer als gewöhnlich dem Ablauf der Vorstellung, die durch einen Lautsprecher in die Garderobe übertragen wurde. Und sie gaben ihren fachkundigen Kommentar dazu.

»Das Orchester spielt heute langsamer als sonst«, stöhnte Suzon, die sich mit Claudia um die Frisur Reinettes bemühte, die zwar die Kleinste der zweiten Klasse war, aber dafür die längsten Haare hatte. Es dauerte eine Ewigkeit, bis sie gewellt, gekräuselt, geflochten und zur vorgeschriebenen Frisur aufgetürmt waren.

Im Lautsprecher schnarrte die Stimme des Inspizienten: »Auftritt der Winzerinnen!«

»Na also«, sagte Suzon, »jetzt ist es endlich so weit! Jetzt weiß Giselle, dass ihr Prinz verheiratet ist.«

Reinette, die kein Sitzfleisch hatte, wetzte auf ihrem Stuhl hin und her, ohne auf ihren mächtigen Haaraufbau zu achten. »Umso besser«, sagte das kleine Ding gemütvoll, »jetzt wird sie gleich wahnsinnig.«

Vera, die sich gerade in einem Spiegel bewunderte, seufzte: »Ich liebe die Wahnsinnsszene ganz besonders, wenn Victoria Lorenz die Giselle tanzt.«

»Und nach dem Wahnsinn kommt gleich der Tod, und nach dem Tod ...« Suzon deutete nach oben zum Dach und unterdrückte nur mühsam ein Lachen.

Mercedes, die dieses Wort gehört hatte, erschauerte. »Tod! Tod!«, rief sie. »Wie kann man in eurem Alter bloß vom Tod sprechen! Und dazu noch lachen!« Sie schüttelte sich. In ihrem Alter fürchtete man sich vor dem Tod.

Die Mädchen verstanden Mercedes nicht. Sie sprachen doch nur vom Theatertod. Auf der Opernbühne gab es viele Tote. Tanzende Sterbende und singende Sterbende. Er war hier zu Hause, genau wie die Liebe. Von Romeo und Julia bis zu Tristan und Isolde, lauter Tote, und berühmte dazu. Und erst die Traviata! Die noch ihre letzten Seufzer in den höchsten Tönen aushaucht. Und Don Juan, der vom Blitz erschlagen wird, und Jeanne d'Arc auf dem Scheiterhaufen, Samson unter den Trümmern des Tempels ...

Leichen über Leichen! Da war es nur natürlich, dass die Mädchen ein Spiel besonderer Art erfunden hatten, dass sie das »Spiel vom allerschönsten Tod« nannten. Im Grunde fürchteten sie sich genauso vor dem Tod wie Mercedes, aber sie waren noch jung genug, diese Furcht zu überspielen. Sie brauchten ja nur auf den Spielplan zu schauen, da fanden sie eine Fülle schauriger Anregungen. Giselle war dafür ein Musterbeispiel, und sie alle liebten Giselle. Sie war der Inbegriff eines jungen, von Tanzlust besessenen und von Liebe verzauberten Mädchens, das von einem sehr charmanten Prinzen verraten und enttäuscht wurde. Um Mitternacht, beim zwölften Glockenschlag, erstand sie wieder, um mit den vor der Hochzeit gestorbenen Bräuten zu tanzen, den »Willis« der Sage. Das war für die Mädchen schaurig und schön zugleich.

Auf der Bühne ging der erste Akt seinem Ende zu. Giselle hatte den Verrat ihres Liebsten entdeckt. Loys, der Prinz, war bestürzt und verzweifelt.

Delphine und Bernadette hatten sich rechtzeitig aus der Garderobe gestohlen und sich zwischen den Dekorationen an die hinten stehenden Komparsen herangeschlichen. Von neuem fasziniert, schauten sie zu. Victoria als Giselle stand im Begriff, sich in eine Willis zu verwandeln. Sie tanzte hinreißend die Wahnsinnsszene und hielt in der Hand schon den Degen, den sie sich ins Herz stoßen würde.

Obwohl Delphine und Bernadette die Szene gut ein Dutzend Mal gesehen hatten, waren sie den Tränen nahe. Für sie gab es im Augenblick nur die Verzweiflung des Mädchens, das keinen anderen Ausweg als den Tod sieht. Nur verschwommen nahmen sie die Bühne wahr, den hellen Lichtkreis, in dem Giselle wie gefangen war.

Auch Kiki und Marcelline waren in den Bannkreis dieser Szene geraten, aber es war nicht nur künstlerisches Interesse, das sie zwischen die Kulissen getrieben hatte. Jetzt standen sie fasziniert ganz vorn, um Giselle sterben zu sehen, sie konnten sich nicht aus dem Bann der Tanzkunst von Victoria Lorenz lösen, obwohl sie von Suzon, Vera und den anderen beauftragt waren, Delphine und Bernadette an das geplante Unternehmen zu erinnern.

Sie bemühten sich zwar krampfhaft, ihnen Zeichen zu geben. Aber die beiden Anführerinnen waren entrückt. Für sie gab es im Augenblick nur das, was auf der Bühne vor sich ging, das Abenteuer, die große Expedition auf die Dächer war völlig vergessen.

Dafür passte ein anderer besser auf. Dumontier, der vielgeplagte Inspizient, hatte Kiki und Marcelline entdeckt, sich an sie herangeschlichen und schimpfte los: »Was habt ihr hier verloren? Ihr wisst, dass es verboten ist, sich hier herumzutreiben! So weit kommt es noch, dass zwischen den Kulissen mehr Leute als auf der Bühne stehen! Hinauf in eure Garderobe!«

Kiki schlug die Augen zu Dumontier auf: »Ach bitte, Monsieur Dumontier, nur noch ein paar Sekunden! Wir wollen doch nur den Tod von Giselle sehen. Das ist doch so schön – und auch lehrreich.«

Dumontier schien über so viel Kunstverständnis und Lerneifer verdattert zu sein. »Also schön, ich will nichts gesehen haben. Aber noch einmal kommt mir das nicht vor! Wehe, ich erwische euch wieder!«

Kiki seufzte: »Vielen Dank, das ist sehr nett von Ihnen, Monsieur Dumontier.«

Dumontier verstand die Welt und besonders die Mädchen nicht mehr. Sollten sie allesamt doch viel besser sein, als er dachte?

Aber auf der Bühne war es endlich so weit. Giselle stürzte zu Boden, und der Vorhang fiel.

Ein, zwei Sekunden Stille. Dann brach der Beifall los. Der Vorhang hob sich wieder, und die Tänzer verharrten wie erstarrt in der Schlusspose. Das war so üblich. Der Beifall toste in dem riesigen Haus, und der Vorhang ging einige Male auf und nieder.

Als Giselle-Victoria endlich geruhte, aus ihrem Todesschlummer zu erwachen, und das Händeklatschen und die Bravo-Rufe stehend entgegengenommen hatte, fiel der Vorhang zum letzten Mal. Im gleichen Augenblick, wie auf einen Startschuss hin, stürmten die Bühnenarbeiter auf die Bühne und verwandelten sie innerhalb einiger Sekunden.

Erst jetzt erwachten Bernadette und Delphine aus ihrer Verzauberung. Sie hasteten die vielen Treppen hinauf in ihre Garderobe, wo die Kameradinnen sie bereits ungeduldig erwarteten. Hilfreiche Hände fassten zu, fast wie Puppen wurden sie aus- und wieder angezogen. Dann kamen die Frisuren und Diademe an die Reihe, die Ballettschuhe aus Atlas, zum Schluss noch die Schminke. Und dann waren auch die beiden bereit für die große Parade des Balletts, das Defilee.

Doch bis dahin hatten sie noch zwei Stunden Zeit. Zwei kostbare Stunden standen ihnen zur Verfügung.

Mercedes, die sich an die brave Grundstimmung der Mädchen am heutigen Abend mittlerweile gewöhnt hatte, verließ die Garderobe. Warum sollten Kinder nicht auch einmal brav sein?

Aber kaum war Mercedes außer Sichtweite, wurden die Mädchen ganz kribbelig. Um nicht allzu sehr aufzufallen, schlichen sie eine nach der anderen davon.

Nur Julie schien von der allgemeinen aufgeregten Erwartung nicht betroffen zu sein. Sie saß vor dem Spiegel und machte sich betont langsam zurecht.

Delphine, die den Abmarsch in Raten geleitet hatte, wandte sich an Julie: »Du machst doch auch mit, oder?«

Julie machte nur ein gelangweiltes Gesicht.

»Also du machst nicht mit?«, fragte Delphine unsicher.

Jetzt wandte sich Julie ab.

»Lass doch den gekränkten Star!«, rief Kiki. »Die will vielleicht ein Bittgesuch von uns! Sie brauchen wir am allerwenigsten!«

Man sah es der kleinen, zarten Kiki gar nicht an, dass sie so grob sein konnte.

Delphine folgte nun Kiki und Bernadette, sah sich aber in der Tür noch einmal um. Sie hatte ein ungutes Gefühl, weil Julie nicht mitkam. »Ich hoffe, du wirst uns nicht verpetzen«, sagte sie.

Wieder schwieg Julie. Ihr Blick aber war voll von Verzweiflung, und voll Hass auch.

»Das wäre nämlich sehr unschön«, sagte Delphine, und bevor Julie hätte antworten können, war sie draußen auf dem Flur und rannte den anderen nach.

Zu dieser abendlichen Stunde lag das Dachgeschoss der Oper leer und verödet da. Der lange Flur und die Übungsräume dahinter waren wie ausgestorben. Es war die Tageszeit, da alles sich ausschließlich um die Bühne drehte. Jede Aufführung hatte so etwas wie einen Verkehrsplan, auf die Sekunde genau musste alles an seinem Platz sein, ob Sänger oder Tänzer, ob Dekoration oder Versatzstück.

Jetzt, da die Bühne und auch alle anderen Menschen

im Haus so weit entfernt waren, war hier oben Stille eingekehrt. Die langen, verödeten Flure wirkten fremd auf sie, als wären sie noch nie hier gewesen und als lauerten Gefahren auf sie, die sie nicht kannten. Hier oben war jetzt das Reich des Schattens und der Dunkelheit. Und in der Dunkelheit gab es seltsame Geräusche, die sie erschreckten. War da nicht ein Stöhnen? Hatte da jemand geächzt? Und die nächste Notbeleuchtung war immer so weit.

Ein paar Furchtsame wagten sich nicht weiter. Es gab einen kurzen Disput. Die Mutigen wollten die Ängstlichen umstimmen. Aber da war nichts zu machen, den Mädchen klapperten die Zähne vor Angst, und ihre Knie waren wie aus Pudding. Sie hatten nur noch genug Kraft, um umzukehren und zurückzurasen, ins Licht, ins Vertraute.

Die anderen aber marschierten unter Delphines und Bernadettes Führung weiter. Schließlich hielten sie an der verbotenen Tür.

»Weiter!«, befahl Delphine. »Wir müssen erst den Schlüssel holen.« Die anderen zögerten einen Augenblick, doch dann folgten sie neugierig den beiden Anführerinnen.

Ihr Ziel war eine Art Rumpelkammer, in der die Maler Leitern, Arbeitszeug und Farbeimer untergestellt hatten. Dicht gedrängt standen sie in dem kleinen Raum und starrten etwas hilflos die Eimer an.

Bernadette wies auf einen ziemlich vollen Kübel und erklärte bestimmt: »In dem da ist der Schlüssel.«

Die Mädchen kicherten verlegen. »In der Farbe? Wisst ihr das genau?«, fragten sie durcheinander. »Bist du sicher?«

»Völlig sicher«, sagte Bernadette.

»Wir brauchen eine Schöpfkelle.«

»Eine Angel mit Magnet.«

Suzon, die am begierigsten war, aufs Dach zu gelangen, schlug vor: »Da bleibt uns nichts übrig, wir müssen den Eimer ausleeren.«

Da sie ihn allein nicht heben konnte, fasste eine andere mit an, sie hoben das schwere Ding auf und gossen die zähflüssige Farbe in einen danebenstehenden halbleeren Kübel. Wieder kicherten sie, weil dadurch eine ganz neue Farbmischung entstand, die die Maler ganz bestimmt nicht in der Oper gebrauchen konnten.

»Die werden morgen Augen machen!«, jauchzte Kiki. Aber sie konnten sich nicht lange mit diesem Gedanken beschäftigen, die Frage, ob der Schlüssel sich wirklich in dem Eimer befand, den sie ausleerten, war viel wichtiger.

Gespannt starrten sie auf den Eimerrand. Und da zeigte sich endlich ein Klumpen in der weißen Farbe. Es war tatsächlich der Schlüssel. Sie ließen ihn auf den Fußboden gleiten, und da lag er nun, tropfend von Farbe, und für die Mädchen, die heute noch auf die Bühne mussten, so gut wie unberührbar, wenn sie sich nicht schmutzig machen wollten.

»Jetzt muss ein Lappen her«, befahl Delphine.

Kiki erfasste am schnellsten die Situation, raste ins Schulzimmer, ergriff den bei der Tafel hängenden Lappen und kam, ihn fröhlich hin und her schwenkend, zurück.

Vera wischte die Farbe von dem Schlüssel, rieb ihn hübsch blank und hielt ihn ihren Mitschülerinnen triumphierend unter die Nase. Schließlich übergab sie ihn Delphine mit einer pompösen Geste, wie der goldene Schlüssel einer Stadt überreicht wird. Delphine nahm ihn, hielt ihn in der hocherhobenen Rechten und schritt feierlich auf die verbotene Tür zu.

Vor Aufregung fand sie zunächst nicht das Schlüsselloch, dann aber, als der Schlüssel endlich steckte, ließ er sich auch umdrehen. Einmal, zweimal – die Türklinke niedergedrückt – die Tür stand offen. Delphine setzte den Fuß auf die Treppe, stieg hoch und ging ein paar Schritte aufs Dach hinaus. Es war noch schöner als am Nachmittag. Über dem Operndach flimmerten die Sterne und ringsum die Millionen Lichter von Paris. Ein angenehm kühler Wind verfing sich in ihrem steifen Ballettröckchen und ließ es auf- und niederwippen. Sie hatte wiederum die Empfindung, federleicht zu sein und fliegen zu können.

Nun kam ein Mädchen nach dem anderen auf das Dach heraus. Still und wie betroffen standen sie zunächst neben Delphine und ließen das nächtliche Bild der riesigen Stadt auf sich wirken. Doch dann trippelten sie hinaus in den verbotenen Bereich der Dächer. Anfangs noch schüchtern, doch dann immer dreister. Sie rannten an Gesimsen entlang, versuchten die Kuppel zu erklimmen, umarmten Statuen. Es war ein zauberhaftes, improvisiertes Ballett, an dem Barlof

Freude gehabt und das ihn sicher auch inspiriert hätte.

Als sie das erste Mal verschnauften, machte Delphine den Vorschlag: »Wie wär's, wenn wir das Spiel vom allerschönsten Tod spielen?«

Die anderen, die wie Delphine ja nie genug Zeit zum Spielen hatten und ausgehungert waren nach Herumtollen und Ungezwungenheit, stimmten begeistert zu. Sie waren so auf Abwechslung aus, dass ihnen gar nicht zum Bewusstsein kam, welch grausiges Spiel sie vorhatten. Aber wem kommt zu Bewusstsein, dass in der Oper meist grausige Spiele auf dem Plan stehen?

Sie einigten sich schnell, dass Schurke und Opfer durch Auszählen bestimmt werden sollten.

Delphine begann mit dem üblichen Abzählreim:

»Eene meene ming mang, kling klang ... ose pose packe dich, eia weia weg ...«

Reinette, die als Erste ausscheiden musste, war bitter enttäuscht.

Delphine begann von neuem:

»Eene meene ming mang ...«

Da verzerrte Marcelline plötzlich das Gesicht, man konnte fast sehen, wie sie unter der Schminke blass wurde. Haltsuchend lehnte sie sich an eine Mauerbrüstung.

»Was hast du denn?«, fragte Reinette.

»Mir ist nicht gut«, gestand Marcelline ziemlich kleinlaut. »Mir ist schwindlig. Ich kann nicht hier oben bleiben.«

»Dann musst du hinunter«, erklärte Reinette kurz

und bündig. »Aber pass auf, dass dir unterwegs, in den dunklen Gängen, das Gespenst der Oper nicht begegnet!«

Marcelline wurden die Knie weich. »Komm mit!«, flehte sie. »Ich halt's nicht aus allein im Dunkeln.«

»Angsthase! Angsthase!«, spottete Reinette. »Warum hast du nur immer und überall Angst? Also los! Komm schon!«

Reinette sagte Delphine Bescheid und versprach, so schnell wie möglich wieder da zu sein. Vorsichtig stieg sie mit Marcelline das Dach hinauf. Eine Ewigkeit schien vergangen, als sie endlich wieder im Haus waren. Aber da war es dunkel und totenstill. Vorsichtig tappten die beiden weiter. Da zuckte plötzlich ein Lichtstrahl auf, es hätte nicht viel gefehlt, und Marcelline hätte aufgeschrien. Aber Reinette hielt ihr den Mund zu und zog sie in eine Nische.

Nein, es war kein Gespenst. Es war nur der Feuerwehrmann, der seine Runde machte. Trotzdem überkam die Mädchen Angst. Wenn der nun merkte, dass die verbotene Tür nur angelehnt war? Nicht auszudenken! Sicherlich schloss er sie dann ab, ohne aufs Dach hinauszusehen. Um die anderen dann wieder hereinzubekommen, musste alles gemeldet werden. Das Donnerwetter, das dann über sie hereinbrechen würde, konnten beide sich ausmalen.

Jetzt hatte der Feuerwehrmann die Tür erreicht, holte ein Taschentuch aus der Hosentasche und schnaubte sich die Nase.

Die Mädchen atmeten auf. Die Gefahr war vorüber. Sie huschten im Schutz der Dunkelheit davon, hasteten die Treppe hinunter und endlose Korridore entlang bis zur Tür ihrer Garderobe.

Kaum war Julie allein, beeilte sie sich, mit Frisieren und Schminken fertig zu werden. Dann suchte sie Victoria Lorenz in ihrer Garderobe auf.

Es war die große Pause. Victoria hatte sich auf eine Liege geworfen, um sich von der anstrengenden *Giselle* etwas zu erholen. Eingehüllt in eine leichte Wolldecke, die Beine hochgebettet und die Füße von den Ballettschuhen befreit, versuchte die Primaballerina sich zu entspannen und Kräfte für den neuen Auftritt zu sammeln.

Das verhinderten jedoch Julies Eltern mit großem Geschick. Sie saßen mit bekümmerten Mienen da, die zu ihrer festlichen Kleidung nicht passten und schon gar nicht zu dem vielen Schmuck, den Madame Alberti trug. Wenn sie ihrer Erbitterung Luft machte, klirrte es ständig leise an ihr.

Herr Alberti sagte kaum etwas, er nickte nur immer wieder zu den Worten seiner Frau. Das wenige aber, das er sagte, bestätigte, dass auch er sehr verärgert war.

Victoria konnte nichts anderes tun als zu versuchen, interessiert zu erscheinen. Sie hörte nur mit halbem Ohr zu. Schließlich hatte sie heute Abend noch einiges zu tun und musste sich innerlich auf den nächsten Auftritt einstellen. Außerdem berührte das Gejammer ehrgeiziger Eltern sie nur wenig. Wer ihr wirklich leidtat, das war Julie. Denn so jung Julie auch war, sie war eine Tänzerin, und das verband mehr als alles andere. Julie war zudem eine begabte Tänzerin und sehr fleißig und ehrgeizig. Sie beide waren aus demselben Holz geschnitzt. Julie würde es auf jeden Fall weit bringen.

»Komm, setz dich«, sagte Victoria zu Julie. Und als sie das verbitterte Gesicht des Mädchens sah, fuhr sie fort: »Mit solchem Gesicht änderst du auch nichts! Der einzige Weg, der dich aus der Misere herausführt, ist noch härtere Arbeit. Man kann eine Niederlage auch als Ansporn nehmen. Wir verlieren nur dann wirklich, wenn wir eine Niederlage tatenlos hinnehmen.«

Ehe Julie auch nur irgendetwas sagen konnte, ergriff Madame Alberti das Wort:

»Mit einer derart himmelschreienden Ungerechtigkeit kann man sich unmöglich abfinden. Das dürfen Sie von meinem Kind nicht verlangen, Mademoiselle! Es ist ein Schock für sie. Ein richtiger Schock. Als Mutter weiß ich das am besten. Sie ist tief gekränkt.« Sie hätte gern noch weitergesprochen, aber ein Blick aus den etwas schläfrigen Augen ihres Mannes ließ sie einhalten.

Victoria tat, als hätte sie das nicht gehört. Sie wandte sich wieder an Julie: »Du bist heute herausgefordert worden, und du wirst dir Genugtuung verschaffen. Man bekommt sie, wenn man sie sich verdient. Selbst eine Primaballerina kann nicht alle Rollen gleich gut tanzen. Es gibt Rollen, die dir besser liegen als diese, dann werden andere zurückstehen müssen. Meine Liebe, auch das muss man lernen im Ballett, einmal zurücktreten zu können, sich mit Entscheidungen abzufinden, die andere treffen. Das ist eine strenge Schule; ich weiß das, aber Ballett ist nichts für Hätschelkinder, es duldet sie nicht. Du musst dich da durchbeißen, sonst schaffst du es nicht. Mach keine Schnute, und beginn mir ja nicht zu heulen! Du musst lächeln lernen, auch wenn dir nicht danach zumute ist. Das brauchst du.«

»Lächeln!«, rief Madame Alberti. »In einer solchen Situation! An diesem Tag! Können Sie sich überhaupt vorstellen, was in meinem Kind vorgeht?«

»Natürlich kann ich das! Und wenn ich nicht wüsste, dass man so etwas überwinden kann, würde ich Julie auch nicht den Rat gegeben haben. Ich hab genauso schwere Zeiten durchgemacht. Oder glaubst du, Julie, dass bei mir alles glattgegangen und immer programmgemäß verlaufen ist? Und ich hatte nicht den Rückhalt zu Hause, den du hast, weder ideell noch materiell.«

Herr Alberti machte ein selbstgefälliges Gesicht. Rückhalt, ja, den hatte seine Tochter! Davon konnte man ausgehen, sowohl ideell als auch materiell. Er versuchte es diplomatischer als seine Frau, die mit dem Kopf durch die Wand wollte. Man musste überlegen, wenn man überlegen sein wollte. Vielleicht erreichte man mit einem Kompliment mehr?

»Umso bewundernswerter«, sagte er, »dass Sie heute da sind, wo Sie sind. Mein Kompliment, Gnädigste!«

Ein verstärktes Klirren des Schmucks seiner Frau zeigte an, dass diese noch nicht ausgekämpft hatte.

»Es ist und bleibt eine Ungerechtigkeit«, beharrte sie. »Und diese Ungerechtigkeit wird noch ungeheuerlicher, wenn man bedenkt, dass dieser Barlof Ausländer ist! Wahrscheinlich ist das allein schon die nötige Qualifikation für die Pariser Oper.«

Victoria wollte aufbrausen und so etwas Ähnliches sagen wie: Madame, wer nur einen Funken Verstand im Kopf hat und Barlof nur einmal tanzen sah, der weiß, dass die Pariser Oper stolz darauf sein darf, dass Barlof hier wirkt und nicht anderswo. Und was heißt überhaupt Ausländer, Madame? Wissen Sie noch immer nicht, dass es im Bereich der Kunst nur eine Staatsbürgerschaft gibt, und die heißt Künstler! Das hätte die Lorenz wirklich gerne gesagt, aber sie wurde daran gehindert, denn kaum hatte Madame Alberti sich über den »Ausländer« ausgelassen, betrat dieser ihre Garderobe.

Victoria lachte mehr, als der Anlass hergab. Es war sicherlich auch Nervosität und Gereiztheit. »Eben haben wir uns über dich unterhalten«, erklärte sie.

»Hoffentlich hat man mich nicht in Grund und Boden verdammt.«

»Aber wie kommen Sie nur darauf?«, rief Madame Alberti, ohne mit der Wimper zu zucken. Und sie zeigte, wie weltgewandt sie war, indem sie fortfuhr: »Sie haben vorhin in ›Giselle‹ geradezu göttlich getanzt. Ich muss das zugeben, obwohl es mir gerade heute nicht sehr leichtfällt, denn Sie haben bei meiner kleinen Julie Furchtbares angerichtet. Und das kann natürlich auch mir als ihre Mutter nicht gleichgültig sein. Aber man soll nicht nachtragend sein. Zum Beweis dafür lade ich Sie zu einem erlesenen Abendessen ein. Ich weiß natürlich, dass Ihre Zeit kostbar ist, aber ...«

Ehe Barlof etwas erwidern konnte, unterstützte Herr Alberti seine Frau: »Ein kleiner Kreis, nur von nicht uninteressanten Leuten, die sich sicherlich freuen werden, den Meister einmal aus der Nähe betrachten zu dürfen.«

Ivan und Victoria tauschten einen kurzen Blick.

»Ich fürchte, Madame, dass ich in der nächsten Zeit nicht dazu komme. Die Proben für das neue Ballett, meine Auftritte hier, das alles nimmt mich mehr in Anspruch, als mir lieb ist. Aber nach der Ballettpremiere, vielleicht ...«

Madames Lächeln erstarb.

»Ich hätte Sie natürlich abholen und heimbringen lassen«, sagte Herr Alberti, der nicht begreifen konnte, dass man ihm einen Korb gab.

Nun meldete sich die Garderobiere zu Wort: »Madame, Monsieur, bitte, beenden Sie Ihren Besuch, wir müssen jetzt an den nächsten Auftritt denken.«

Julies Eltern erhoben sich, und die Garderobiere brachte Victoria die Ballettschuhe. Sie schlüpfte hinein, verschnürte die seidenen Bänder überkreuz und knöpfte sorgfältig den Knoten. »Mich schüttelt es wieder einmal vor Lampenfieber«, sagte sie zu Barlof.

»Mich auch«, gestand er ehrlich.

»Lampenfieber?«, fragte Madame Alberti in der Tür. »Ich dachte, das hat man nur am Anfang.«

Julie ärgerte sich über die Bemerkung ihrer Mutter.

Sie fand überhaupt, dass die Eltern ihr mehr geschadet als geholfen hatten. Sie warf ihrer Mutter einen flehenden Blick zu, still zu sein und endlich zu gehen. Aber Madame Alberti war es gewohnt, vorwurfsvolle Blicke ihrer Tochter zu übersehen.

»Mach einen hübschen Knicks, mein Kind«, sagte sie. »Und lächle Monsieur Barlof an, obwohl er dir heute so weh getan hat.«

Julie machte einen flüchtigen Knicks und drängte ihre Eltern hinaus. »Merkt ihr nicht, dass ihr es falsch macht?«, fauchte sie draußen auf dem Flur. »Barlof imponiert Geld überhaupt nicht.«

»Jedem imponiert Geld«, sagte der Vater überzeugt. »Das kannst du nicht beurteilen. Aber jetzt weiß er wenigstens, mit wem er es zu tun hat.«

Julie wollte etwas erwidern, aber sie überlegte es sich anders. Niedergeschlagen ging sie in ihre Garderobe zurück. Auf dem Treppenabsatz traf sie Marcelline, die sich am Geländer wie an der Stange festhielt. Es sah aus, als wollte sie üben. Aber in Wirklichkeit war sie beunruhigt und hielt Ausschau nach den Kameradinnen, die immer noch auf den Dächern waren.

»Sie kommen einfach nicht«, sagte sie besorgt zu Julie. »Und so viel Zeit bleibt nicht mehr bis zum Defilee.«

»Sie müssen ja wissen, was sie tun. Wieso bist du denn wieder hier?«

»Mir ist schlecht geworden, da hat Reinette mich heruntergebracht. Schwindlig, weißt du. Und es war so schön dort oben.« Sie ging mit Julie in die Garderobe, wo die paar Mädchen, die umgekehrt waren, aufgeregt herumflatterten.

Marcelline war sehr ärgerlich über sich selbst. So lange hatte sie von einem Ausflug auf die Dächer geträumt, und jetzt hatte dieser Ausflug ihr richtige Übelkeit bereitet. Und am schlimmsten war, dass die oben anscheinend ganz vergessen hatten, dass sie heute noch auf die Bühne mussten. Es wurde wirklich Zeit, sie daran zu erinnern. Aber wie? Es hatte sie schon Überwindung genug gekostet, allein bis zum Treppenabsatz zu gehen. Weiter hatte sie sich einfach nicht getraut. Die dunkle Treppe hinauf und dann die endlosen Gänge, und ganz allein – nein, dazu war sie einfach nicht imstande.

»Julie!« Marcelline packte sie am Arm.

»Was ist?«, fragte die mürrisch zurück und schüttelte sie ab.

»Fürchtest du dich im Dunkeln?«

Julie lachte. »Warum?«

»Wir müssen hinauf und die anderen holen.«

»Ich? Nein, ich war nicht dabei. Die anderen müssen selber daran denken. Das ist ihre Sache.«

»Wenn Mercedes zurückkommt, wird sie melden, dass fast alle fehlen.«

»Und du meinst, das macht mir was aus? Das haben die sich doch ganz allein eingebrockt!«

»Aber sie sind unsere Kameradinnen. Komm, wir müssen sie holen.«

»Wenn du so davon überzeugt bist, dass man sie holen muss, dann geh doch!«

»Allein? Ich trau mich nicht. Ich fürchte mich im Dunkeln, das weißt du.«

»Dafür kann ich doch nichts.«

Marcelline wurde immer aufgeregter und bettelte noch einmal.

Aber Julie fuhr dazwischen: »Was geht es mich an, wenn die anderen Dummheiten machen!«

Marcelline wurde wütend. »Hast du etwa noch nie Dummheiten gemacht? Aber wenn du nicht mitgehst, dann sage ich es den anderen, verlass dich drauf! Dann redet keine Einzige mehr mit dir, kein Wort mehr, da kannst du sicher sein!« Wieder packte sie voll Wut Julie beim Arm und fauchte: »Und übrigens, ich bettle nicht mehr, du kommst jetzt einfach mit!«

»Lass mich sofort los!«, schrie Julie.

»Wenn du nicht mitkommst, richte ich dich so zu, samt deiner Frisur, dass du heute nicht mehr auf die Bühne kannst! Das verspreche ich dir!«

Julie sah ein, dass sie nachgeben musste. Wenn Marcelline so außer sich war, war mit ihr nicht zu spaßen. »Also gut, aber du hast mich erpresst.« Widerwillig rannte sie mit Marcelline los. Im Dunkeln erschien den beiden der Weg von der Garderobe bis zur Eisbahn doppelt so lang wie sonst. Wie geborgen war man in der Garderobe und wie verlassen hier auf der Eisbahn! Julie war beinahe froh, dass Marcelline sich an sie klammerte. Endlich waren sie an der verbotenen Tür.

Aber wo waren die Kameradinnen?

Die hatten sich längst in andere Bereiche des Daches vorgewagt und alle Angst und Vorsicht verloren. Sie kletterten über gefährliche Laufstege, huschten dicht an den Glasdächern entlang, sie hängten sich an die gewaltigen Skulpturen, dass es schien, als wollten sie das nächtliche Paris überfliegen. In dieser phantastischen Umgebung das Spiel vom allerschönsten Tod zu spielen, war einfach berauschend. Wie Irrlichter huschten die Gestalten hin und her.

Marcelline musste mit Übelkeit kämpfen, als sie sah, wie weit die Kameradinnen sich hinausgewagt hatten. Sie umkrampfte die Klinke der Tür und war nicht fähig, auch nur einen Schritt auf das Dach hinaus zu tun.

Julie wagte sich ein paar Schritte vor und legte die Hände an den Mund. »Hallo!«, rief sie, so laut sie konnte. »Hallo, sofort zurückkommen!«

Niemand schien sie zu hören.

Julie wagte sich noch weiter hinaus und stieß im Schatten einer Statue auf etwas Weiches. Sie schrie auf.

Aber es war nur Kiki, die sich hier versteckt hatte. »Pst!«, flüsterte Kiki. »Schrei doch nicht so hysterisch! Siehst du nicht, dass wir uns prächtig amüsieren? Ich bin schon dreimal umgebracht worden. Willst du endlich auch mitspielen?«

»Bist du verrückt? Ich will euch holen!«

»Aber warum denn?«

»Weil wir gleich auf die Bühne müssen.«

»Verdammt!«, rief Kiki und schlug sich an die Stirn, dann verließ sie ihr Versteck und rannte hinaus auf die Dächer, um die anderen zusammenzurufen. »Los!«, schrie sie, »auf die Bühne! Wir müssen gleich auf die Bühne!«

Für die Mädchen war es, als erwachten sie aus einem Traum. Plötzlich war wieder das andere Leben Wirklichkeit. Mercedes in der Garderobe, Dumontier, der Inspizient, der um keinen Preis der Welt etwas von ihrem Treiben erfahren durfte, und das Bevorstehende Defilee. Sie rannten das Dach hinauf und dann die kleine, steile Treppe hinunter zur verbotenen Tür, um dann durch die endlosen Gänge zu rasen, der Garderobe zu.

Bernadette und Vera waren besonnen genug, an der Tür stehenzubleiben und abzuzählen, wer vom Dach hereingekommen war. Schließlich waren es alle bis auf Delphine. Delphine fehlte noch.

»Wo bleibt sie nur?«, fragte Vera und zappelte vor Ungeduld. »Die hat Kiki sicher nicht gehört«, meinte Bernadette.

»Ich weiß, wo sie sich versteckt hat.«

»Dann renn und sag ihr Bescheid.«

»Und du läufst hinter den anderen her und versuchst, unser Fehlen zu verschleiern. Du musst dir irgendetwas einfallen lassen!«

»Wird gemacht!«, rief Vera und rannte den anderen nach.

Bernadette sprang noch einmal die Treppe hinauf und lief auf das Dach, das nun wieder fremd und bedrohend wirkte. Wäre sie nicht so aufgeregt gewesen, hätte sie bemerken müssen, dass sie nicht allein zurückgeblieben war. Da war noch ein Mädchen. Es stand regungslos im Halbdunkel in der Nähe der Treppe. Man konnte es kaum ausnehmen und schon gar nicht ihr Gesicht erkennen.

Bernadette aber rief oben auf dem Dach nach Leibeskräften Delphine. Als sie die Freundin endlich fand, hatte die noch immer nicht begriffen und spielte so überzeugend wie möglich die Rolle des Opfers weiter.

»Delphine, hör sofort auf! So komm doch endlich!«

»Kann doch nicht. Bin mausetot.«

Bernadette hätte ihr am liebsten ein paar Ohrfeigen gegeben, um sie zur Besinnung zu bringen. Sie packte Delphine an den Armen und schüttelte sie energisch durch. »Bist du denn ganz verrückt geworden? Hast du vergessen, dass wir noch auf die Bühne müssen? Das Defilee beginnt in ein paar Minuten!«

Schneller war noch keine Tote lebendig geworden als jetzt Delphine. Sie sprang auf, rannte wie gehetzt den Dachfirst entlang. Bernadette konnte ihr kaum folgen. Angst hatte sie gepackt, Schreckensbilder durchzuckten blitzartig ihr Gehirn. Nur nicht das Defilee versäumen! Dumontier hatte ein scharfes Auge, er würde alles merken. Alles. Und wenn nur ein Haarschopf fehlte.

Sie sausten durch das Labyrinth der Kranzgesimse, nahmen den Weg über die hier und da an den hohen Mauern eingelassenen Leitern. Es war wie ein schwerer Hindernislauf. Und was vorher ihr Spiel abenteuerlich und aufregend gemacht hatte, wirkte jetzt fremd und bedrohlich. Endlich hatten sie den Dachausgang erreicht, fast stürzten sie die enge Treppe hinab zur Tür, die jetzt der Zugang war zu ihrem wirklichen, eigentlichen Leben.

Delphine wollte sie aufreißen – aber die Tür ging nicht auf.

»Du hast die Klinke nicht richtig niedergedrückt«, keuchte Bernadette und versuchte es selbst.

Die Tür blieb zu. Sie war abgeschlossen.

Verzweifelt trommelten sie mit den Fäusten auf das Holz, warfen sich gegen die Tür, keuchend schrien sie sich fast heiser.

Noch nie hatten sie sich so verlassen gefühlt wie hier an der engen Treppe, auf der anderen Seite der verbotenen Tür. Sie waren ausgeschlossen. Ausgeschlossen von dem festlichen Defilee, ausgeschlossen vielleicht aus dem Ballett der Oper. Die Einsicht, hilflos zu sein, mischte sich mit panischer Furcht.

Kopflos rannten sie wieder auf das Dach hinauf. Fremd und bös wirkte nun die Welt hier oben. Kalt und teilnahmslos wie fremde Sterne blinkten die vielen Lichter von Paris.

Delphine hätte am liebsten losgeheult. Der Tag ihres bisher größten Triumphes würde auch der Tag ihrer größten Niederlage sein, ausgelöscht durch eigene Unbesonnenheit.

Aber dieser Anfall tiefer Niedergeschlagenheit wechselte plötzlich mit einem Anflug wilder Hoffnung. Noch gab sie nicht auf, noch war sie nicht verloren!

Sie mussten aus dieser Hölle von Dächern einen Ausgang finden. Inzwischen war das Corps de ballett vollzählig angetreten. Bereit für das Defilee.

Vollzählig?

Beim Defilee verzichtete man auf Dekorationen und ließ die riesigen Ausmaße der leeren Bühne wirken. Der imposante Eindruck wurde noch dadurch gesteigert, dass jetzt auch der Blick auf das Foyer der Oper hinter der Bühne frei war.

Von dort erschienen nun in ununterbrochener Folge Reihe um Reihe blumenhaft wirkender Balletteusen. Die zartesten und kleinsten voran. Nach den Klängen eines getragenen Marsches schritten sie feierlich vor bis zur Rampe, verneigten sich dort mit der traditionellen Reverenz und machten die Vorderbühne dann frei für die Nächsten.

Es war ein zauberhaftes Bild von Jugend und Schönheit. Ein Bild auch der Disziplin. An jedem Schritt, an jeder Bewegung war bis ins Kleinste gefeilt worden. Nur aus der Disziplin ergab sich dann die wie natürlich wirkende Anmut des Auftritts.

Dumontier ließ wie ein General seine Truppen Revue passieren. Er lächelte zufrieden – aber plötzlich verdüsterte sich sein Gesicht. Da, in der zweiten Ballettklasse fehlten zwei! Und man hatte ihm nichts gemeldet! Und die Kostüme der Mädchen schienen längst wieder einmal in die Reinigung zu gehören, oder täuschte er sich?

Als er gerade Betrachtungen darüber anstellte, dass es nur klappte, wenn er persönlich nach dem Rechten sah, und dass man sich auf niemanden verlassen konnte, zischte ihm jemand ins Ohr: »Bernadette Morel und Delphine Nadal sind spurlos verschwunden.«

Er drehte sich um. Da stand eine blasse Aufseherin mit aufgerissenen Augen und starte ihn ängstlich an.

Dumontier war noch immer der General, der seine Truppe in Schwung hielt. »Was heißt verschwunden?«, herrschte er das arme Ding von Aufseherin an. »Was heißt spurlos? Wieso, weshalb? So etwas gibt es nicht! Wo sind die beiden?«

Die Aufseherin ließ die Arme hängen. Und die Mädchen der zweiten Klasse, die Dumontier mit stechendem Blick musterte, machten große, unschuldige Kulleraugen. Eine gern geübte Praxis, die den gestrengen Inspizienten meistens für kurze Zeit mattsetzte.

»Irgendjemand muss doch wissen, wo sie sind. Los, wer weiß das?«

Aber Dumontier wartete vergeblich auf Antwort. Ihm war, als stünde er inmitten einer Schafherde, so lammfromm gaben sich die Mädchen.

»Ich finde die beiden«, sagte Dumontier drohend. »Verlasst euch drauf, und wenn sie eingemauert wären wie Aida!«

Die beiden auf dem Dach waren inzwischen bis zur Kuppel der Rotunde vorgedrungen. Ihre Aufregung hatte sich ein wenig gelegt. Sie glaubten jetzt zu wissen, wie sie wieder zu den anderen gelangen konnten. Sie erklommen die steinernen, fratzenhaft verzerrten Maskenköpfe, die die Fenster umrahmten, und hofften, dass ein Fenster nur angelehnt sei und sie es als Einstieg benutzen könnten. Aber sie hatten Pech.

»Die Fenster sind zu«, meldete Bernadette, die vorausgeklettert war.

»Und was machen wir jetzt?«, fragte Delphine verzagt.

»Ich trete eine Scheibe ein, dann können wir den Riegel greifen!«

»Aber sei vorsichtig.«

Bernadette schwang das rechte Bein aus wie ein Fußballer, der einen Strafstoß verwandeln will, Glas klirrte, aber sie verlor plötzlich das Gleichgewicht, rutschte ab und kollerte das steile Dach hinunter, bis das Gesims sie aufhielt und vor dem Sturz in die Tiefe bewahrte.

Am ganzen Körper zitternd, tastete Delphine sich zu ihr.

Bernadette lag reglos da und reagierte auf keinen Anruf.

»Bernadette!«, schrie Delphine wieder, und plötzlich hatte sie die völlig unangebrachte Hoffnung, Bernadette würde sagen: »Kann doch nicht. Bin doch mausetot.«

Als Delphine nun versuchte, sie hochzuziehen, stöhnte Bernadette vor Schmerzen auf.

Was sollte sie tun? Sie kam sich vor wie in Bergnot. Und das Verrückte daran war, dass sie Ballettschuhe und das traditionelle Kostüm trug. »Und geschminkt und frisiert bin ich auch«, setzte sie für sich hinzu.

Wiederum stöhnte Bernadette.

Delphine kauerte sich nieder. »Bernadette, hörst du mich?«

Bernadette, der es Schwierigkeiten machte, Luft zu holen, nickte.

»Was tut dir weh?«

»Alles. Ich weiß nicht.«

»Warte einen Augenblick, ich hole Hilfe.«

»Nein, nein! Lass mich nicht allein hier oben!«

»Bernadette, es muss aber sein! Ich allein kann dir nicht helfen. Und wenn du dir weh getan hast, werden sie schon nicht so mit dir schimpfen.«

Delphine wartete keine Antwort mehr ab, tappte vorsichtig das steile Dach hinauf, erklomm das Fenster, das von einem Höllenrachen umrahmt war, schob den Arm durch die eingeschlagene Fensterscheibe und öffnete mit einiger Anstrengung den Riegel. Mit einem Riesensprung landete sie in der Rotunde und begann zu laufen.

In den Gängen war nun über die Lautsprecher die Musik zum Defilee zu hören. Aber sie achtete nicht darauf. Sie raste die Treppe hinunter und stieß die schwere Eisentür auf, die zum Schnürboden führte. Das war ein furchteinflößender Raum hoch über der Bühne, mit einem Durcheinander von Drähten, schwankenden Laufstegen, Seilen, Kabeln und Versatzstücken, die über der Bühne hingen. Sie stand hoch über dem versammelten Corps de ballet auf einem leicht hin und her pendelnden Laufsteg, klammerte sich krampfhaft an ein Seilende und schrie um Hilfe. Sie schrie so laut, dass sich ihre Stimme überschlug.

Trotzdem hörte sie niemand.

Es blieb ihr nichts übrig, sie musste die vielen Treppen hinunterlaufen. Irgendwo dort unten würde sie Dumontier finden und es ihm sagen. Es hatte keinen Sinn, sich während des Laufens Worte zurechtzulegen. Es hatte keinen Sinn, sich schon jetzt zu rechtfertigen. Die Sache war geschehen, und sie konnte nicht rückgängig gemacht werden. Flüchtig dachte sie an ihre Mutter, und dann stand sie plötzlich vor Dumontier, abgehetzt und nicht gerade sauber.

Auf der Bühne machten gerade die Solotänzer ihre Reverenz.

»Monsieur Dumontier, bitte schnell, Bernadette ...«

»Was ist mit Bernadette? Wo kommst du her?«

»Sie liegt oben, sie kann nicht ...«

»Wo oben?«

»Auf dem Dach.«

»Auf dem Dach?!«, schrie Dumontier, dass man es auf die Bühne hinaus hörte.

»Sie ist gestürzt«, versuchte Delphine ihn zu beruhigen, »aber sie lebt noch. Sie hat sich verletzt, nur gehen kann sie nicht.«

»Wo auf dem Dach?«, fragte Dumontier ruhiger.

»Bei der Rotunde, aber bitte schnell, sie fürchtet sich.«

Dumontier gab seinem Assistenten rasch ein paar Anweisungen. Was auch immer geschah, zuerst kam die Vorstellung, dann erst alles andere.

Dann holte er sich einen der Feuerwehrmänner vom Dienst und befahl: »Rufen Sie den Rettungsdienst an und benachrichtigen Sie den Theaterarzt. Ein Unfall auf den Dächern. Unterhalb der Rotunde.«

»Schlimm?«, wollte der Feuerwehrmann noch wissen.

»Hoffentlich nicht.« Er musste sich beeilen, um Delphine folgen zu können. Die vielen Stockwerke bis auf das Dach, das hatte ihm noch gefehlt! Da dachte man, alles sei in bester Ordnung, und nichts war in bester Ordnung. Immer gab's Aufregungen, immer Ärger. Er würde der Kleinen, die da vor ihm herhetzte, einen Vortrag halten, den sie ihr Leben lang nicht vergessen würde. Was hatten diese Fratzen aber auch auf dem Dach zu suchen? Nun, er würde es herausbekommen. Und dann musste endlich mal mit der Faust auf den Tisch geschlagen werden.

Wir ziehen hier keinen Kaminkehrernachwuchs groß, würde er sagen, sondern Balletttänzerinnen. Und wer nicht genau weiß, wo er hingehört, ob unter das Dach oder auf das Dach, der hat hier nichts verloren.

Endlich waren sie in der Rotunde. Als Dumontier die eingeschlagene Fensterscheibe sah, hätte er gern einen längeren Fluch ausgestoßen, aber er hatte nicht genug Luft. Er musste erst einmal verschnaufen. Das Herz klopfte wild und tat ihm weh. Umbringen würden ihn noch diese kleinen Biester, wenn er sich nicht mehr Respekt verschaffte!

Während er noch vor dem offenen Fenster stand und die Nachtluft einatmete, kletterte Delphine schon auf das Dach voraus. Er sah ihr zu, als wäre das die normalste Sache der Welt. Zwei Feuerwehrmänner kamen mit einer Tragbahre, und einen dritten wies er an, die Tür zur Eisbahn aufzusperren. Dann kletterte er selbst hinaus.

Unten, vor dem Gesims, erkannte er in der Dunkelheit ein kleines schmutziges Bündel. Sollte das die Morel sein?

Sie sind verrückt, sagte er sich, völlig verrückt. Genauso könnte man versuchen, den Mond mit einem Fahrrad zu erreichen.

Er zog sich die Schuhe aus, um auf dem Dach nicht abzurutschen, dann kniete er sich neben die Kleine. Im Augenblick war aller Ärger verflogen. Wenn sie nur nicht tot ist, dachte er, nur tot soll sie nicht sein! Es würde alle treffen, die Aufseherinnen, die Garderobiere, und nicht zuletzt ihn. An ihm blieb immer alles hängen. Nein, keiner in der Oper konnte einen Skandal solcher Art brauchen.

»Bernadette!«, keuchte er. »Morel, hörst du mich? Hab keine Angst, ich schimpf jetzt nicht. Gib ein Zeichen ab, ob du mich hörst!«

Bernadette rührte sich nicht. Sie atmete ziemlich flach und kurz, als hätte sie Fieber. Und dann, nein, er täuschte sich nicht, dann setzte ihr Atem aus. Er sah Delphine und die Feuerwehrmänner entsetzt an. Bildete er sich das ein, oder hatten es auch die anderen bemerkt?

Doch dann war es wieder da, das flache Atmen. Wie ein kleiner Hund, dachte er, der sich abgehetzt hat. Und dann wieder eine Pause. Aber jetzt folgte ein weinerliches Stöhnen.

Er erhob sich. Gott sei Dank, sie lebte, sie war nicht tot! Wem etwas weh tat, der lebte. Und jung war sie auch. Und wie sagt man? Unkraut verdirbt nicht! Diese Mädchen!

»Wie ist sie denn da nur runtergestürzt?«, fragte er Delphine. »Ist sie auf den Rücken oder auf den Kopf gefallen?«

Delphine wusste es nicht. »Es ging so schnell, sie lag schon da unten, bevor ich es eigentlich richtig mitbekam.«

»Hoffentlich kein Wirbelbruch«, sagte er. »Hoffentlich keine Querschnittslähmung.« Es war nicht auszudenken.

Endlich kam der Arzt. Kopfschüttelnd untersuchte er Bernadette. Warf man neuerdings Kinder auf das Dach der Oper? Vorsichtig tastete er Hals- und Rückenwirbel ab, dann die Schädeldecke, und dabei murmelte er unverständliches Zeug vor sich her.

Plötzlich hatte er eine Schere in der Hand und schnitt das seidene Trikot auf.

»Aha«, sagte er triumphierend. »Aha!« Dann schüttelte er den Kopf. »Hm, hm, hm.« Das rechte Bein Bernadettes war stark angeschwollen. »Fraktur und Bluterguss«, sagte er wie zu sich selbst. »Die Kleine kann von Glück sagen. Nur eine Fraktur mit Bluterguss. Ist der Krankenwagen unterwegs?«

»Ich nehme an.«

»Dann lassen Sie das Unfallkrankenhaus benachrichtigen. Und bis es so weit ist, werden wir diesem fliegenden Mädchen eine kleine Spritze geben, wir wollen sie nicht quälen. Bringen Sie die Kleine dann in den Hof hinunter. Aber erst nach ein paar Minuten, wenn die Spritze wirkt.«

Erst jetzt schien er zu bemerken, dass da noch ein zweites Mädchen war, das vor Aufregung zitterte und fast hörbar mit den Zähnen klapperte. »Ach«, sagte er, »noch ein Opfer.« Er nahm Delphines Hand und griff den Puls. »Klopft zwar recht schnell, das kleine Herz, aber es wird den Schreck überstehen. Ja, das kommt davon, wenn man unbedingt auf der Oper tanzen will und nicht in ihr!«

Delphine hätte gern gefragt, ob Bernadette wieder tanzen können würde. Aber sie war zu feige dazu, sie fürchtete sich vor der Antwort.

»Ich werde deiner Garderobiere sagen, dass sie dir eine Tasse warmen Kaffee geben soll. Das ist im Augenblick die einzige Medizin, die ich für dich weiß. Du hast eine kleine Aufmunterung nötig«, sagte der Doktor.

Niedergeschlagen kehrte Delphine in die Garderobe zurück. Sie traf nur Mercedes an. Alle anderen Mädchen waren noch auf der Bühne.

»Ja, wie siehst du denn aus!«, rief Mercedes entsetzt. »Und wieso kommst du allein?«

Delphine legte mechanisch das Diadem ab, streifte das Tutu herunter, schminkte sich ab und kleidete sich wieder an.

Da steckte der Arzt den Kopf in die Tür, winkte Mercedes zu und sagte: »Die Kleine braucht eine Tasse von Ihrem vorzüglichen Kaffee, das ist im Moment alles.«

»Sie bekommt ihn sofort, Herr Doktor!«

»Ach, du Armes«, sagte Mercedes, als sie mit zitternder Hand den Kaffee aus ihrer Thermoskanne in die Tasse goss. »Was ist denn geschehen, erzähl! Ich weiß gar nichts.«

Delphine trank zunächst den Kaffee. Sie fror. Aber als sie den Mund öffnete, um Mercedes zu gestehen, was geschehen war, brachte sie kein Wort hervor, sondern schluchzte los.

»Ach, du Arme«, sagte Mercedes noch einmal, und sie wiederholte es immer wieder in einem beruhigenden monotonen Singsang. »Ach, du Arme!« Sie sagte es, bis Delphine wieder sprechen konnte.

»Wir waren auf den Dächern. Aber es ging schief. Bernadette ist verletzt.«

»Auf den Dächern? Aber Kind, wozu?«

»Wir wollten dort spielen!«

»Wenn das nicht gründlich danebenging!«

Vom Hof kam die Sirene des Krankenwagens. Delphine griff nach ihrem Mantel und raste die Treppe hinunter. Sie hörte weder die durch den Lautsprecher übertragene Schlussmusik noch die kurz darauf einsetzenden Beifallsstürme.

Den Hof erreichte Delphine in dem Augenblick, als man Bernadette auf der Bahre in den Wagen schob. Sie drängte sich durch die Reihen der Gaffer und wollte ihr noch etwas zurufen, aber Dumontier hielt sie mit eisernem Griff zurück.

»Halt! Hiergeblieben! Jetzt werden sich keine Freiheiten mehr herausgenommen! Für Bernadette ist die Angelegenheit vorläufig beendet. Ich sage vorläufig, hörst du! Für dich fängt sie erst an. Für diese Riesendummheit hast du dir genau den richtigen Tag ausgesucht. Glaubst du etwa, du kannst dir jetzt alles erlauben, nur weil man dir eine Rolle gegeben hat? Morgen reden wir weiter. Und ich fürchte sehr, dass du in der nächsten Zeit nicht viel zu lachen haben wirst. Marsch, geh jetzt!«

Vor Angst ganz benommen, schlich Delphine weiter. Wäre sie nur an Bernadettes Seite oder tot! Sie konnte sich vorstellen, was sie erwartete. Dumontier ließ nicht mit sich spaßen. Und es war ihre Schuld. Sie konnte sie auf niemanden abschieben, und sie konnte sich auch nicht verzeihen. Wie grenzenlos dumm war sie gewesen! An dem Tag, an dem sie von Barlof ausgewählt worden war, zerstörte sie mutwillig alles. Bernadette war nur vom Fenstersims auf das Dach gefallen. Sie selbst aber war viel tiefer gestürzt.

Sie fand Frederics Wagen offen und setzte sich auf den Rücksitz. Es war nicht auszudenken, was morgen auf sie wartete. Sie konnte auch nicht einmal mehr weinen. Damit hätte sie sich bei ihrer Mutter verraten, und zudem hatte sie keine Tränen. Nur das Herz schmerzte, und in der Brust war es wie Glut. Sie konnte kaum atmen. Meine arme, arme Mama, dachte sie. Immer wieder. Sicher würde die Mutter sie nicht verstehen. Kein Erwachsener würde es verstehen. Sie selbst verstand ja auch nicht mehr, dass sie am bedeutendsten Tag ihres Lebens diesen irrsinnigen Ausflug aufs Dach unternommen hatte.

Dann wechselte Hoffnung mit ihrer tiefen Niedergeschlagenheit. Vielleicht hatte Dumontier ihr nur Schrecken einjagen wollen. Und wenn sie morgen alles bereute, würde die Sache vergeben und vergessen sein. Denn schließlich waren auch die anderen draußen gewesen. Und wer hatte überhaupt die Tür zugesperrt? Wäre die Tür offen gewesen, wäre das Schreckliche nicht geschehen. Niemand hätte von der ganzen Angelegenheit etwas erfahren. Sicher ließ sich die Sache wieder zurechtbiegen. Ganz bestimmt. Sie konnte ruhig ihrer Mutter die Aufregung ersparen und zunächst einmal schweigen.

Da kam Frederic mit großen Schritten auf seinen Wagen zu. Er schwang sich hinter das Lenkrad, warf einen flüchtigen Blick auf Delphine und sagte: »Da bist du ja! Ich hatte deinetwegen schon Angst.«

»Meinetwegen?«, fragte sie so unbefangen wie möglich.

»Ja, ich hatte irgendein ungutes Gefühl. Eine Ahnung, wie man so sagt.« Er schwieg, weil er darauf achten musste, beim Ausfahren aus seiner Parklücke keinen Wagen zu beschädigen.

Er weiß also schon von der Sache, dachte sie. Und er wird mich fragen. Einen Augenblick überlegte sie, ob sie ihm alles gestehen und ihn bitten sollte, mit der Mutter zu sprechen.

Aber da hatte Frederic freie Fahrt, und er sagte: »Ich

verstehe diese Riesendummheit nicht. Wirklich, das begreife ich einfach nicht. Man müsste doch annehmen, dass so ein junges Mädchen weiß, wie wertvoll für ihren Beruf gesunde Glieder sind. Und da steigt so ein dämliches Ding aufs Dach, was verboten ist, und riskiert neben Kopf und Kragen auch noch die Karriere!«

»Wird sie sterben?«

»Ach, an so einer Sache stirbt man nicht. Aber es genügt schon, wenn das Bein steif bliebe. Stell dir vor, was das für ein Mädchen bedeutet, das Tänzerin werden will! Was es für ihre Eltern bedeutet! Überlege, wenn ich deiner Mutter sagen müsste, Delphine wird nie wieder tanzen können. Stell dir das vor!« Dann lächelte er und tätschelte ihr die Wange. »Ich bin wirklich heilfroh, dass du nichts damit zu tun hast.«

Wenn sie je die Absicht gehabt hätte, Frederic in ihr Geheimnis einzuweihen, jetzt konnte sie es nicht mehr. Unmöglich. Aber Mama durfte es auch nicht erfahren. Mama würde fragen, sich die Geschichte erzählen lassen und nicht nachgeben, bis sie alles wusste. Es würde sie furchtbar treffen, gerade jetzt, da sie noch nicht wieder ganz gesund war. Und die vielen Opfer, die sie gebracht hatte ...

»Sie müssen mir etwas schwören«, sagte sie unvermittelt.

»Schwören, gleich? Aber da muss ich doch zunächst einmal wissen, worum es geht.«

»Um Mama.«

»Das ist schon etwas anderes.«

»Mama würde sich unnötig aufregen, wenn wir ihr

die Geschichte erzählen. Jetzt, nach dieser schweren Grippe. Mama würde immer befürchten – mir könnte auch so etwas geschehen.«

»Da hast du recht. Wie nett von dir, dass du so an deine Mutter denkst. Also gut, ich schwöre. Und du musst mir auch etwas versprechen.«

»Ja?«

»Denk nicht mehr an das dumme Mädchen, das da auf das Dach geklettert ist, und zerbrich dir nicht den Kopf, welche Folgen der Unfall haben könnte. Du musst jetzt an deine Rolle denken. Komm, lach ein bisschen, Galatea!«

Während Frederic den Wagen abstellte, ging Delphine schon nach oben. Sie sperrte die Wohnungstür auf und sah durch die offene Tür ins Wohnzimmer. Die Mutter war in einem Sessel eingeschlafen. Der Tisch war für drei Personen gedeckt, denn Frederic kam meist noch zu einem kleinen Abendessen mit herein. Sicherlich hatte Mama sich nach dem Tischdecken ein wenig hingesetzt und war dann eingenickt.

Plötzlich fand Delphine, dass es vielleicht besser wäre, wenn Frederic heute nicht mit ihnen äße. Er war oft zerstreut, und vielleicht vergaß er seinen Schwur und erzählte plötzlich, nur um Mama zu unterhalten, von dem Unfall auf dem Dach.

Sie lief schnell zurück zur Tür und versperrte Frederic, der gerade die Treppe heraufkam, den Weg. »Pst«, machte sie. »Mama scheint sehr müde zu sein.«

»Ich möchte ihr nur schnell guten Abend sagen.«

»Aber sie schläft schon. Stören Sie sie bitte nicht.«

»Schade«, sagte er, »ich hatte mich schon richtig gefreut, mit euch den Beginn deiner gewiss glänzenden Karriere zu feiern.«

»Aber wenn sie schon schläft«, flüsterte Delphine.

»Dann eben bis morgen. Gute Nacht!« Er war enttäuscht und ließ es merken.

Delphine ließ die Tür ins Schloss schnappen und lief zu ihrer Mutter. Therese schlug die Augen auf und lächelte.

»Die ganze Zeit habe ich daran denken müssen.«

»Woran?«

»An mein Glück«, sagte die Mutter. »Ich fühle mich jetzt viel gesünder als heute Morgen. Glück macht gesund und Enttäuschung krank, todkrank. Aber ...«, sie sah sich um, »wo ist Frederic?«

»Frederic ist schon nach oben gegangen.«

»Ohne mir gute Nacht zu sagen?«

»Er schien sehr müde zu sein.«

»Ausgerechnet heute, wo ich ein Glas Wein mit ihm auf deine Zukunft trinken wollte.«

»Wir können auch allein feiern«, schlug Delphine vor.

»Aber er gehört doch dazu, Kind«, Therese verbesserte sich, »ich meine, weil er es war, der dich in der Oper vorstellte.«

Delphine schmiegte sich an die Mutter, gähnte und seufzte dann. »Ach, Mama.«

»Was hast du, Kind?«

Delphine richtete sich auf und gähnte wieder. »Nichts.

Ich möchte auch gleich schlafen gehen. Ich bin entsetzlich müde.«

Therese war enttäuscht. Sie hatte sich den Abend so ganz anders vorgestellt. Festlich und heiter. Und jetzt wollten alle schlafen. Delphine hatte nicht einmal den schön gedeckten Tisch bemerkt, in dessen Mitte ihre Lieblingspuppe thronte. Therese hatte ihr am Abend noch schnell das Kostüm einer Primaballerina genäht.

DIE BESTRAFUNG

Als Delphine im Bett lag, war sie hellwach.

Wie ein Film rollte das Geschehen des Abends immer wieder ab. Es hatte seinen dramatischen Höhepunkt, als Bernadette an ihr vorbei auf das Dach stürzte. Und sein tragisches Ende waren die drohenden Rufe Dumontiers, die Unheil verhießen.

Immer wieder kam sie auch auf den Punkt, da sie mit Bernadette vor der verschlossenen, *verbotenen* Tür stand und nicht ins Haus zurückkonnte.

Wer hatte den Schlüssel umgedreht? Eines der Mädchen oder ein Feuerwehrmann, der die Tür offen gefunden und pflichtgemäß verschlossen hatte? War es Zufall oder Absicht? Hatte jemand nur aus Gedankenlosigkeit die Tür abgesperrt, oder war da jemand, der verhindern wollte, dass sie rechtzeitig auf die Bühne kam?

Zu viele Fragen für ein Mädchen, das niemanden hatte, mit dem es darüber sprechen konnte. Von dem alle erwarteten, dass es eine große Tänzerin würde. Und das so jämmerlich versagt hatte, weil es einmal herumtollen wollte wie andere Gleichaltrige auch?

Und je länger sie nicht einschlafen konnte, und je mehr sie sich im Bett hin und her wälzte, umso höher wurde der Sturz Bernadettes, die jetzt plötzlich einen grässlichen, langgezogenen Schrei ausstieß, wenn sie fiel. Musik klang auf, als die Träger mit der Bahre kamen, ein langsamer, getragener Marsch, genauer gesagt, ein Trauermarsch. Und sah man ganz genau hin, konnte man auch feststellen, dass die Bahre ein Sarg war. Junge Männer des Balletts trugen ihn, mit gesenkten Häuptern, und plötzlich war Dumontier da, wies mit dem Finger auf sie und sang mit tiefer Bassstimme: »Sie ist's gewesen! Sie ist's gewesen!« Und Delphine stand da, in einem abgerissenen Trikot, das kaum ihre Blöße bedeckte, und wunderte sich, wieso Dumontier plötzlich ein orientalisches Kostüm trug. Wie Osmin in Mozarts Entführung aus dem Serail.

Sie schreckte auf und überdachte von neuem die Geschichte. Und wieder stürzte Bernadette, und wieder war Dumontier da, der die schwersten Beschuldigungen gegen sie erhob und die ärgsten Drohungen ausstieß, und plötzlich begann Dumontier zu zerfließen, wurde nebelhaft, und seine Stimme verhallte, sie atmete leichter und wachte auf. Gott sei Dank, die ganze Geschichte war nur ein Traum! Und sie freute sich, und ihre Mutter war viel jünger als in Wirklichkeit und nähte ein Kostüm für sie, aber als sie das Kostüm überstreifte, steckten noch viele Nadeln in ihm. Da wachte sie auf und wusste, dass die böse Geschichte leider kein Traum war.

Erst gegen Morgen schlief sie ein wenig. Leicht nur, denn sie hörte die Geräusche von der Straße herauf, die Autos, die Schritte der Leute, die schon sehr früh zur Arbeit mussten. Irgendjemand, der wahrscheinlich mit dem Rad fuhr, pfiff einen Schlager. Die Riesenstadt erwachte.

Sie musste noch einmal eingeschlafen sein, denn als sie wieder aufwachte, saß Mama an ihrem Bett und fragte, warum sie so gewimmert habe.

»Wer hat gewimmert?«, fragte sie zurück, um Zeit zu gewinnen.

»Du hast gewimmert.«

»Ich?«, fragte sie gedehnt.

»Gerade jetzt. Es klang ganz jämmerlich.«

»Da habe ich wohl schlecht geträumt.«

Therese erhob sich und schob die Vorhänge zur Seite.

»Es wird ein wunderschöner Tag heute«, sagte sie. »Wenn es so bleibt, kann ich vielleicht schon ein bisschen ausgehen und dich abholen.«

Da war wieder das Bedrohliche, das Unheil. Als Mutter mit hohem Fieber im Bett lag, hatte Delphine gewünscht, sie möge bald gesund werden. Jetzt wünschte sie, ihre Mutter läge noch im Bett, und sie müsse nichts fürchten. Nie mehr würde sie mit ihrer Mutter so in Einklang leben, wie es bis gestern Abend gewesen war. Da war noch nichts zwischen ihnen, keine Unaufrichtigkeit und keine Lüge. Und jetzt musste sie besorgt tun, als ginge es ihr um Mamas Gesundheit, obwohl sie nur daran dachte, dass Mutter von der ganzen furchtbaren Geschichte nichts erfahren dürfe.

»Jetzt war ich zehn Tage nicht draußen«, sagte Therese. »Ich habe richtig Hunger nach frischer Luft.«

»Ein bisschen spazieren gehen kannst du ja, aber du musst nicht gleich durch halb Paris.«

»Zehn Tage nicht draußen«, wiederholte Therese. »Du und Frederic, ihr wart die Einzigen, die die Verbindung zur Außenwelt herstellten. Es ist schon gut, dass wir Frederic haben.«

»Ohne ihn wäre es auch gegangen«, erwiderte Delphine.

Da war es wieder. Therese schalt sich selbst, aber sie hatte eine unerklärliche Angst davor, einmal offen mit Delphine über Frederic zu sprechen. Und Frederic hatte so lange gebraucht, bis er endlich einmal den Mut fand, ihr zu sagen, er möchte sie gerne heiraten. Jetzt war es schwierig. Zumindest schwieriger als vor einigen Jahren. Oder bildete sie sich das nur ein? Vor drei, vier Jahren wäre es viel leichter gewesen, neu anzufangen, zumal Delphine überhaupt keine Erinnerung an ihren Vater hatte. Inzwischen hatte sie sich an Frederic als einen zwar guten Freund, aber als einen Außenstehenden gewöhnt. Und die Äußerung Delphines, ohne ihn wäre es auch gegangen, zeigte ihr von neuem, wie wenig dankbar Delphine für all die Gefälligkeiten war, die Frederic ihnen beiden ständig erwies.

»Frederic hat sehr viel für uns getan«, sagte sie deshalb, als sie Delphine die Schokolade in die Tasse goss.

Delphine fand den Geruch nach der schlechten Nacht abscheulich, und außerdem wollte sie Frederic im Augenblick so weit wie möglich weghaben. Möglichst auf einer Konzertreise rund um die Welt. »Ach«, sagte sie trotzig, »immer wieder Frederic!«

»Du weißt nicht, wie schwierig es für eine Frau ist, sich mit einem Kind allein durchs Leben zu schlagen. Und ich bin leider keine allzu tüchtige Frau. Wenn Frederic mir manchmal nicht geholfen hätte, ich wüsste nicht, wie ich all das Geld aufgebracht hätte. Allein deine Ausbildung ...«

Delphine mochte das nicht hören. Sonst nicht, und schon gar nicht heute.

»Ach, der will dich doch bloß heiraten«, sagte sie patzig. »Da sind Männer immer furchtbar nett. Nachher sind sie ganz anders.«

An einem anderen Tag hätte Therese über die Altklugheit ihrer Tochter gelächelt, aber heute war sie ohnehin unsicher. Das verpatzte festliche Essen und das Ausbleiben Frederics am gestrigen Abend hatte sie auch nicht allzu gut schlafen lassen. Zumal sie erkannte, dass die Rolle der Galatea, die Delphine übertragen worden war, sie nicht darüber hinwegtröstete. Das hieß doch, dass ihr nicht nur das Glück der Tochter am Herzen lag, sondern ihr eigenes auch noch. Und sie hatte sich bisher für selbstloser gehalten.

»Ich kann nicht dulden, dass du Frederic mit anderen Männern vergleichst«, sagte sie daher und machte sich weiter stumme Vorwürfe. War es nicht überhaupt vermessen von ihr, von Delphine zu erwarten, dass sie all das erreichte, was ihr persönlich danebengeraten war? Hatte sie wirklich immer das Beste für ihre Tochter gewollt, wenn sie das Kind in die Rolle einer Balletttänzerin hineinzwang? War es nicht zu viel für das Mädchen, das sich mitten im Wachstum befand, ihm neben dem normalen Schulunterricht noch den Ballettunterricht, die Proben und das abendliche Auftreten zuzumuten? Konnte das wirklich einen jungen Menschen glücklich machen? Und jetzt kamen noch die Proben für die Hauptrolle dazu. Und Delphine hatte seit den Ferien ohnehin schon Gewicht verloren. Und hatte sie schon ein einziges Mal gesagt, dass sie ihre Tochter dafür bewunderte?

»Kind, iss doch noch ein bisschen«, sagte sie daher, als Delphine aufspringen und gehen wollte. »Du siehst gar nicht gut aus, und ich mache mir Vorwürfe, vielleicht verlange ich zu viel von dir. Kannst du wirklich das alles schaffen? Du verstehst, ich möchte nicht, dass du mir einmal vorwirfst, ich hätte dir deine Kindheit und Jugend zerstört.«

Delphine bekam wieder das schmerzhafte Ziehen in der Brust. Sie konnte gar nicht richtig atmen. Gerade heute, da ihr noch allerhand bevorstand, sagte Mutter so etwas.

»Ach, lass das doch«, sagte sie daher beinahe ein wenig grob, um nicht zu heulen. »Du reimst dir immer alles Mögliche zusammen. Du weißt ja nicht, welche Riesenportionen ich zu Mittag in der Kantine verdrücke.«

Therese schüttelte die Gedanken ab. »Draußen neben deinen Sachen liegt ein Umschlag für Mademoiselle Pigeon. Du bringst ihn doch bei ihr vorbei?«

»Klar.«

»Und sag ihr, dass ich ab nächster Woche wieder voll einsatzbereit bin. Und sag ihr auch, dass ich sehr mit der Stellung rechne, die sie mir neulich angeboten hat. Und wenn sie neue Arbeit hat, bring sie mit, oder sie soll sie mir schicken.«

»Der Doktor hat aber gesagt, dass du dich nicht anstrengen sollst.«

»Aber das muss doch sein! Wer zahlt denn sonst noch den Ballettunterricht, die Privatstunden und was du sonst noch alles brauchst?« Therese zog die Tochter an sich. »Und jetzt ist's ja noch viel leichter. Seit gestern. Jetzt weiß ich doch, dass das Geld nicht hinausgeworfen ist!«

Delphine krampfte sich das Herz zusammen. Sie würgte das Frühstück hinunter, um wenigstens auf diese Art der Mutter eine Freude zu bereiten.

Therese trat ans Fenster und öffnete es. Sie sah auf den Quai hinunter und entdeckte Frederic, eine Tüte und ein langes Weißbrot unterm Arm. Er winkte ihr zu und schwenkte dabei das lange Weißbrot wie ein Tambourmajor seinen Stab.

Sie winkte zurück, eilte dann in die Küche und stellte Wasser für Kaffee auf. Dann war sie schon an der Tür, um zu öffnen, bevor Frederic klingelte.

Er trat ein und rief wie ein Händler, der seine Ware anpreist: »Hörnchen! Knusperfrische Hörnchen!«

Delphine fand das ein bisschen kindisch. Sie trank ihre Tasse leer, nahm ihre Mappe und küsste Mama zum Abschied.

»Du gehst schon?«, fragte Frederic erstaunt.

»Sie soll noch etwas für mich erledigen«, erklärte Therese und lief in die Küche, weil der Pfeifkessel anzeigte, dass das Wasser kochte.

Frederic hielt Delphine zurück. »Dein alter Chauffeur und Kammerdiener bekommt keinen Abschiedskuss?«, fragte er und war gar nicht so schüchtern wie sonst. Hastig küsste Delphine ihn auf beide Wangen, die angenehm nach Rasierwasser dufteten. »Nicht vergessen«, flüsterte sie schnell. »Sie haben geschworen!«

»Was denn?«

»Mama nichts von dem Unfall in der Oper zu erzählen.«

Frederic zwinkerte ihr zu, flüsterte »Ganz wie Sie wünschen, Mademoiselle«, zog ein Hörnchen aus der Tüte und überreichte es ihr mit Grandezza. »Nehmen Sie das als mein Unterpfand.«

Er sah es nicht ganz ohne innere Freude, dass Delphine so schnell verschwand. Er wollte gern mit Therese allein sein. Sie war dann ein bisschen ungezwungener und fröhlicher.

Ja, und nun war er mit ihr allein. Und beide waren aufeinander ein wenig böse. Er, weil er gestern nicht hatte hereinkommen dürfen. Sie, weil er nicht hereingekommen war. Und keiner ahnte, dass Delphine die eigentliche Urheberin dieser kleinen Missstimmung war. Und als sie es herausbekommen hatten, ließen sie die Köpfe ein wenig hängen und meinten, Delphine hätte etwas gegen ihre Heirat, die arme Kleine nähme Schaden, wenn sie heirateten. Dabei wäre alles so einfach gewesen. Sie hätten nur einmal, ein einziges Mal, vernünftig mit Delphine reden müssen, dann hätten sie schon gemerkt, dass sie selbst die Sache schwieriger machten, als sie war. Aber sie sprachen nicht mit ihr, einfach deshalb, weil sie glaubten, man könne mit einer Elfjährigen noch nicht ganz vernünftig über solch ein Thema sprechen. Sie hatten nämlich vergessen, wie vernünftig sie selbst schon mit elf Jahren gewesen waren.

»Wenn du mir deinen Kaffee gibst«, neckte er sie endlich, »bekommst du auch mein Hörnchen. Sag mir erst einmal guten Tag.«

»Guten Tag.«

»Etwas netter, wenn ich bitten darf.«

Lächelnd hielt Therese ihm die Wange hin. Er küsste sie und zog sie an sich. Sie liebten sich, und da war es schön, dem anderen so nahe zu sein.

Und so hörten sie nicht die Tür gehen und die Schritte im Wohnungsflur, und dann fuhren sie plötzlich erschreckt auseinander, als Delphine sagte: »Ich habe den Umschlag für Mademoiselle Pigeon liegenlassen, Mama.« Sie nahm den Umschlag an sich und sah ein wenig verärgert aus.

Therese wollte etwas erklären, brachte aber kein Wort hervor. Und Frederic starrte düster vor sich hin.

»Das wird ja immer schöner«, sagte er, als Delphine wieder gegangen war. »Du tust ja fast, als ob du das Kind wärst und sie die Mutter! Ich werde mich langsam mit dem Gedanken befreunden müssen, bei Delphine um deine Hand anzuhalten.«

»Ich weiß, ich bin feige«, gestand Therese.

»Jetzt sag nur noch, dass du vor deiner elfjährigen Tochter Angst hast.«

»Keine Angst vor ihr, Frederic, sondern Angst um sie. Ein Kind, das mit seiner Mutter ständig so allein war wie

Delphine, ist empfindlich. Es muss sich, wenn ein Mann auftaucht, auf den zweiten Platz gedrängt fühlen.«

»Vor ein paar Jahren wäre alles viel leichter gewesen. Und wenn du ihr die Wahrheit über ihren Vater erzählt hättest, auch.«

»Ein Kind muss glauben können, dass es einen guten Vater hatte. Besonders ein Mädchen.«

»Ja, und jetzt wird sie mich immer mit dieser Idealfigur vergleichen. Warum hast du ihr nicht die Wahrheit gesagt?«

»Diese Wahrheit kann man keinem Kind sagen.«

»Und was wird die Folge sein? Sie wird ungewarnt, wenn sie älter ist, auch auf irgendeinen Mann hereinfallen. Wie du.« Frederic begann auf und ab zu gehen. »Heute sehe ich natürlich, dass es ein Fehler war, so lange zu warten. Ein Fehler von mir. Mein Fehler. Wir müssten uns heute nicht wie Idioten vorkommen, weil uns deine Tochter dabei ertappte, als wir uns umarmten. Sie bekommt dadurch ein ganz schiefes Bild von uns. Sie wird denken, es muss etwas Schlimmes ein, sonst würden sie nicht so dumm dastehen. Ich, ein Mann über vierzig, und du, eine Frau knapp über dreißig. Wir zittern beide vor einer Elfjährigen!«

»Hab noch ein wenig Geduld, wenn Delphine erst in das Alter kommt, in dem sie diese Dinge versteht, dann wird alles viel leichter ...«

»Und wer entscheidet, wann sie in diesem Alter ist? Du oder ich? Oder gar Delphine? Dann kann ich ja gleich gehen, und du schreibst mir, wenn es so weit ist, eine Karte: ›Delphine hat endlich geruht, mir gütigst zu erlauben, dich zu heiraten.‹ Ich werde dann eilen, um mich bei diesem lieben Kind zu bedanken!«

Er wollte zur Tür, aber Therese hielt ihn zurück.

»Frederic, bitte geh nicht so. Lass mich nicht auch noch beim Frühstück allein, wenn du mich schon gestern zum Abendessen allein gelassen hast.«

»Das ist ja gut«, sagte Frederic, nun beinahe wirklich wütend, »du lässt mich gestern Abend von deiner Tochter an der Tür kalt abfertigen, und nun machst du mir Vorwürfe, dass ich nicht gekommen bin! Glatt fortgejagt hat sie mich!«

»Das wusste ich nicht. Delphine sagte, du seist müde und deshalb schon schlafen gegangen.«

»Und mir sagte sie, du seist müde und schliefest schon.«

»Ich war nur ganz kurz eingenickt. Aber sie muss doch, wenn sie mich gesehen hat, auch den für drei gedeckten Tisch gesehen haben!«

»Da hast du den Beweis, wie weit du es hast kommen lassen! Nun intrigiert die Kleine auch schon!« Frederic ergriff Therese ziemlich hart an beiden Armen. »Hör zu: Ich sage dir jetzt den Hochzeitstermin, unumstößlich und unwiderruflich. Und Delphine wird alles kapieren, das verspreche ich dir. Nach der Premiere der ›Galatea‹ wird geheiratet. Wenn ein Mädchen so alt ist, dass es eine Hauptrolle übernehmen kann, dann kann es auch begreifen, dass eine junge Mutter keine alte Frau ist und auch noch ein bisschen Anrecht auf Glück hat. Und ich verspreche dir, Delphine wird das sehr gut verstehen. Mit diesem Mädchen muss man endlich wie mit einem vernünftigen Menschen sprechen. Ich glaube, du siehst es noch immer als eine Art Baby an.«

»Aber Mädchen in diesem Alter sind sehr zart und leicht verletzlich.«

»Und ich sage dir, sie sind robuster, als man glaubt. Erst gestern ist eine ...« Oh, da hatte er jetzt fast seinen Schwur gebrochen.

»Was ist gestern gewesen?«

Frederic überlegte krampfhaft. »Dachdeckerlehrling ist so ein Mädchen geworden«, sagte er schließlich. »Stell dir vor, nur drei Jahre älter als Delphine. Früher wäre man in Ohnmacht gefallen, hätte man eine Kleine so hoch oben auf dem Dach gesehen. Es stand in der Zeitung.«

Sie lächelte und sagte: »Denkst du auch daran, dass der Kaffee nicht ewig heiß bleibt?«

»Und mein Vorschlag ist angenommen?«

Therese schwieg.

»Wer dagegen ist, soll die Hand heben.«

Niemand hob die Hand.

Delphine rannte zur Bushaltestelle am Pont de l'Archevêché. Der Schaffner wartete eigens für sie mit dem Abfahren, denn er kannte sie schon. »Bonjour, Mademoiselle Primaballerina«, sagte er fröhlich und sah dann enttäuscht drein, denn Delphine dankte nur flüchtig für seinen Gruß und ohne die Spur eines Lächelns.

Delphine hatte sich einen Fensterplatz ergattert und

starrte hinaus, ohne die bekannte Umgebung wahrzunehmen. Sie war von ihren Gedanken zu sehr in Anspruch genommen. Und ihre Gedanken kreisten um Frederic und Mama. Ob Frederic seinen Schwur wirklich hielt? Leider kannte Delphine das Leben schon ein wenig. Und so wusste sie, dass Männer nicht immer die Verlässlichsten mit ihren Versprechungen waren, wenn eine Frau dabei im Spiel war. Das war manchmal in der Oper so und im Kino auch. Wenn man beispielsweise nur an Lohengrin dachte, der hielt nur so lange dicht, bis ihn dann seine Elsa endlich doch so weit hatte, dass er ausplauderte, wie er hieß.

Der Bus zwängte sich durch das Gewühl der vielen Autos und kam fast nicht vom Fleck. Aber vielleicht war es ganz gut so. Die Oper war für Delphine heute nicht das, was sie noch gestern Morgen oder vor einer Woche war. Sie würde sie heute betreten, wie ein Verbrecher den Gerichtssaal betritt. Und alle würden mit dem Finger auf sie zeigen und sagen: ›Seht, das ist sie, sie war es!‹

Dann entdeckte sie die weißen Brotkrumen auf dem Fußboden unter sich. Erst jetzt wurde ihr bewusst, dass sie das Hörnchen, das Frederic ihr gab, in der Aufregung ganz und gar zerkrümelt hatte. Nur ein kleines Ende hielt sie noch in der Hand.

Haltestelle Palais Royal. Endlich! Hier stieg Suzon zu und erkämpfte sich den Platz neben Delphine. Auch sie schien nicht gut geschlafen zu haben und vor Neugierde fast zu platzen.

»Los, erzähl, was ist denn eigentlich passiert?«, fragte sie.

Da der Schaffner gerade Suzons Fahrkarte verlangte, konnte Delphine nicht sofort antworten.

»Das wisst ihr nicht?«, fragte Delphine dann erstaunt.

»Ich weiß nur, dass Bernadette im Krankenhaus liegt, sonst weiß ich überhaupt nichts. Warum seid ihr denn eigentlich nicht heruntergekommen?«

»Heruntergekommen! Irgendjemand hat die Tür abgeschlossen! Wir konnten nicht mehr ins Haus!«

Suzon riss die Augen auf. »Was, die Tür war zu? Das ist doch nicht möglich!«

»Als wir wieder reinwollten, war die Tür zu. Bombenfest.«

»Aber das gibt's doch gar nicht! Bei uns war sie doch noch offen!«

»Bei euch schon, aber bei uns war sie zu.«

»Habt ihr richtig probiert, vielleicht klemmte die Tür nur?«

»Wir haben wie die Wahnsinnigen versucht, die Tür aufzubekommen. Wir haben uns dagegengeworfen, mit den Fäusten draufgetrommelt und gebrüllt wie die Berserker. Nichts. Dann haben wir versucht, durch ein Fenster bei der Rotunde einzusteigen. Alle waren zu. Bernadette hat eine Fensterscheibe eingetreten, und dann rutschte sie aus und sauste an mir vorüber, schlug aufs Dach auf und kullerte weiter. Ich dachte schon, jetzt sei es aus mit ihr.«

»Du lieber Gott!«, rief Suzon. »Da hast du ja schön was mitgemacht! Du tust mir leid.«

Delphine fühlte Tränen aufsteigen. Das Mitgefühl Suzons tat ihr wohl. Endlich hatte sie jemandem ihr Herz ausschütten können. Endlich war es heraußen! Aber sie durfte sich nicht gehenlassen. Das Wichtigste stand ihr ja noch bevor. Die Begegnung mit Monsieur Dumontier, der sich in der Rolle des Anklägers und Richters sicherlich wohler fühlte als sie in der Rolle der Angeklagten.

»Hat man euch schon gefragt, oder die, die nicht oben waren?«

»Nein, noch niemand. Wissen die das denn? Werden wir alle verhört?«

»Wenn es Stunk gibt, bestimmt.«

»Meinen Eltern habe ich noch nichts gesagt. Hast du schon deiner Mutter was gesagt?«

»Nein, nichts. Die würde das im Augenblick nicht verkraften. Sie war gerade krank und hat sich gestern so über meine Rolle gefreut, die ...« Nun musste sie, gegen ihren Willen, doch weinen.

Bis zur Haltestelle Rue des Petits Champs schwiegen die beiden. Delphine bat Suzon nur, sie zur Agentur zu begleiten, wo sie die Schreibarbeiten ihrer Mutter abgeben sollte.

»Mach ich«, sagte Suzon. »Aber putz dir erst einmal richtig die Nase.«

Unterwegs trafen sie Vera. Suzon überschüttete sie sofort mit sämtlichen Neuigkeiten, die sie selbst eben erst erfahren hatte. Vera hakte sich sofort an der, wie es ihr schien, wichtigsten Nachricht fest, der nämlich, dass die Tür abgeschlossen war.

»Wer hat das getan?«, fragte sie und diskutierte mit Suzon vor dem Haus der Agentur darüber recht lebhaft, während Delphine drinnen war.

Mademoiselle Pigeon war eine etwas rundliche Person und strahlte Gutmütigkeit aus. Jedes Mal, wenn sie die zarte Delphine sah, wurde sie daran erinnert, dass sie eigentlich abnehmen wollte. Trotzdem mochte sie das Mädchen.

»Wie geht es denn deiner Mama?«, fragte sie, als sie den Umschlag in Empfang nahm.

»Danke, schon viel besser, Mademoiselle. Sie kommt ganz bestimmt nächste Woche selbst zu Ihnen. Wenn Sie inzwischen noch etwas Arbeit für sie hätten, wäre sie Ihnen sehr dankbar.«

»Ich habe schon an sie gedacht«, antwortete Mademoiselle Pigeon. »Und richte deiner Mama aus, sie soll sich ja keine grauen Haare wachsen lassen. Die Halbtagsstellung als Sekretärin bei dem Verleger in der Rue de l'Université ist ihr sicher. Das ist günstig, weil es nicht weit von euch weg ist.«

Jetzt beugte sich die rundliche Mademoiselle vor, ihre Augen wurden groß. »Aber nun sag einmal, was war denn gestern Abend eigentlich in der Oper los?«

Delphine wusste ganz genau, was Mademoiselle Pigeon wissen wollte, trotzdem fragte sie so ahnungslos wie möglich: »Gestern Abend?«

»In der Zeitung steht, eine Ballettschülerin ist verunglückt. Auf dem Dach. Es stand kein Name dabei, darum fiel mir ein Stein vom Herzen, als ich dich hier hereinkommen sah.«

Delphine errötete. »Lieb von Ihnen, dass Sie sich meinetwegen Sorgen machten.«

»Kennst du das Mädchen?«

»Nur flüchtig«, sagte sie, während sich in ihrem Kopf ein rasendes Karussell zu drehen begann. Die Zeitung! An diese Gefahr hatte sie nicht gedacht. Mama würde es erfahren. Am Ende hatte Frederic ihr schon die Zeitung gebracht.

Da machten ein paar Mädchen einen dummen Streich, die Sache ging schief, und schon stand es in der Zeitung, nur weil es die Oper war und weil die Mädchen vom Ballett waren. Aber sie war nicht allein schuld. Bernadette war als Erste aufs Dach gestiegen und hatte sie gerufen, und die Sache mit dem Schlüssel war auch von ihr ausgegangen.

Sie versuchte die Zeitung, die ihr Mademoiselle Pigeon reichte, zu lesen. Doch die Buchstaben tanzten ihr vor den Augen, schwammen durcheinander und schlugen Purzelbäume. Sie brauchte geraume Zeit, bis sie sich so in der Hand hatte, dass sie Zeile um Zeile aufnehmen konnte.

»Während des gestrigen Ballettabends erlitt eine der Ballettschülerinnen einen bedauernswerten Unfall. Die Angelegenheit ist umso bemerkenswerter, als der Unfall sich nicht auf der Bühne, sondern auf dem Dach ereignete, dessen Betreten streng untersagt ist. Der Zustand des Mädchens war so ernst, dass es in ein Krankenhaus eingeliefert werden musste. Die Direktion wird sich einige peinliche Fragen aus den Reihen der Öffentlichkeit gefallen lassen müssen, wie so etwas ge-

schehen konnte. Sie hat bisher lediglich bekanntgege-
ben, dass eine Untersuchung des Vorfalls eingeleitet
wurde. Wir werden sehr darauf achten, dass die Ergebnisse dieser Untersuchung nicht im Sande verlaufen.«

»Ein schwerer Unfall«, sagte Mademoiselle Pigeon,
der die Gänsehaut über den Rücken lief. »Sag, beauf-
sichtigt euch denn niemand? Ich dachte, die Mädchen
wären dort besonders gut behütet.«

»Doch, doch, ich kann mir auch nicht erklären,
wie ...«

»Eben, sonst würde doch noch viel mehr passieren.
Ein Glück, dass du mit der Sache nichts zu tun hast. Aber
solche Dummheiten machen meist nur Kinder aus bes-
sergestellten Häusern. Du weißt sicher viel zu gut, wie
deine Mutter sich für dich aufopfert. Deshalb kämst
du schon gar nicht auf solche Gedanken.«

Das traf Delphine wie ein Schlag in die Magengrube.

Immer wieder wurde sie daran erinnert, wie unsäg-
lich gedankenlos sie gehandelt hatte, als sie mit den
anderen aufs Dach hinausstieg.

»Wieso bist du denn so weiß im Gesicht?«, fragte Suzon, als Delphine wieder zu ihnen kam.

»Ist dir schlecht?«, wollte Vera wissen und hakte
sich unter.

Delphine schüttelte den Kopf und starrte verloren
vor sich hin.

»Also, was ist los?«, riefen die beiden anderen wie
aus einem Mund.

»Nichts. Nur, es steht schon in der Zeitung.«

Dumontier ballte in seiner ersten Wut die Zeitung zusammen, presste sie wie einen Schneeball und warf sie gegen die Wand. »Die müssen doch überall ihre Nase reinstecken!«, schimpfte er. »Dass die Ergebnisse dieser Untersuchung nicht im Sande verlaufen«, zitierte er dann. »Als ob in diesem Haus etwas geheim gehalten werden könnte!«

Die Vorzimmerdame des Verwaltungsdirektors tat, als sähe und höre sie nichts. Sie war die Ausbrüche des Inspizienten gewöhnt. Jeder kannte ihn. Und jeder sah ihm sein aufbrausendes Temperament nach.

»Da warnt man jahrelang diese jungen Dinger, ist wie der Teufel hinter ihnen her, und dann finden sie plötzlich einen Weg, um aufs Dach hinauszukommen!«

»Und was sagt die Kleine?«, fragte die Sekretärin.

»Welche Kleine?«

»Na die, die mit dabei war?«

»Die kommt erst noch dran. Also, da mache ich ganz kurzen Prozess. Begabung hin oder her – Disziplinlosigkeit wird in diesem Haus nicht geduldet! Telefoniert der Direktor noch immer?«

»Ja, er spricht mit dem Agenten eines Sängers.«

»Aha, höhere Gagen! Dass er sich dann noch überhaupt um einen so kleinen Vorfall kümmert.«

»Was die Presse aufnimmt, ist kein kleiner Vorfall mehr«, sagte die Sekretärin.

»So ein Journalist sollte einmal die Mädchen hüten! Mädchen, die in ihrer kindlichen Entwicklung geradezu unterdrückt werden und die dann eben einmal über die Stränge schlagen.«

»So viel Psychologie hätte ich gar nicht bei Ihnen vermutet, Dumontier«, sagte da der Direktor hinter ihm. Er hatte die letzten Worte gehört. »In der kindlichen Entwicklung unterdrückt, ich wollte, wir könnten den ganzen Fall auf diese Art lösen. Dafür hätten die Leute sicherlich Verständnis. Aber wann wird je die vernünftigste Lösung praktiziert, noch dazu an der Oper? Wahrscheinlich verlangt man von uns das Unvernünftigste.«

»Und das wäre?«, fragte Dumontier.

»Lassen wir's, diese Diskussion führt zu nichts. Sind der Inspektor von der Berufsgenossenschaft und der Schadensbeamte von der Versicherung schon hier?«

»Sie warten im Nebenzimmer«, sagte die Sekretärin.

»Gut.«

»Ja, und dort wartet dann noch jemand.«

»Wer?«

»Ein Journalist.«

»Ich schmeiß den Kerl eigenhändig hinaus!«, brüllte Dumontier.

»Aber, aber, Dumontier! Sie werden so zu ihm sein wie ich. Sehr freundlich, aber nicht zu freundlich. Wir haben nichts zu verbergen. Uns kann man jederzeit aufs Dach steigen. Wenn er es sehen will, soll er es sehen. Geheimniskrämerei wäre in diesem Fall das Schlimmste. Dann hätten wir eine ganze Meute am Hals.«

Der Direktor und Dumontier gingen zu den wartenden Herren hinüber, begrüßten sie, und dann traten sie zu fünft den Weg aufs Dach an.

»Die verbotene Tür ist immer verschlossen?«, fragte der Mann von der Berufsgenossenschaft.

»Immer«, sagte Dumontier, »und das Schild ›Eintritt verboten‹ hängt auch nicht erst seit heute Morgen da, wie Sie selbst feststellen können.«

Sie stiegen die kleine Treppe hoch und traten hinaus aufs Dach.

»Eigentlich ungefährlicher, als ich es mir vorgestellt hatte«, sagte der Versicherungsbeamte. »Wie konnte denn da überhaupt etwas passieren?« Er trat an die steinerne Balustrade am Rand des Daches. »Welch eine Aussicht!«, sagte er.

Der Journalist sagte nichts, er knipste.

Auch der Mann von der Berufsgenossenschaft war hingerissen. »Und am Abend sieht man hier die Lichter von Paris. Das ist beinahe ein Motiv, für das man Verständnis aufbringt. Oder etwa nicht?«

»Man muss bedenken«, sagte der Direktor, »die Mädchen stehen unter einem unerhörten Leistungszwang. Ein Haus wie das unsere ist kein Wohltätigkeitsverein. Wir verlangen von den Kindern sehr viel, müssen es verlangen, denn schließlich, meine Herren, ist Ballett primär eine französische Kunst. Sicherlich ist Ihnen aufgefallen, dass alle traditionellen Bewegungen und Figuren des Balletts in aller Welt Bezeichnungen haben. *Pas de deux*, *Pirouette* und so weiter. Sie kennen sie ja. Die Kinder haben einen sehr strengen Tag. Kaum Freizeit. Während andere den Beruf nach der Schulzeit erlernen, fällt hier bereits beides zusammen. Dazu kommt noch, dass die Kleinen den Beruf an manchen

Tagen sogar schon ausüben müssen. Der natürliche Spieltrieb, und dafür können sie wirklich nichts, wird dabei möglicherweise unterdrückt. Unsere Kleinen haben einen immensen Nachholbedarf, und die Ferien sind zu kurz. Sie verstehen mich, ich will damit niemanden entschuldigen. Aber ich möchte es gesagt haben, damit Sie die Motive kennen. Eine Aufseherin, eine Garderobiere, ist auch nur ein Mensch. Sie hat manchmal Wege zu machen. Und dann passiert so etwas, sie tanzen im wahrsten Sinne des Wortes aus der Reihe.«

Im Allgemeinen hatte der Direktor mit wichtigeren Dingen zu tun, als sich darüber den Kopf zu zerbrechen, warum kleine Mädchen nachts auf das Dach der Oper stiegen. Er verhandelte mit weltbekannten Stars, Regisseuren und Dirigenten. Ferngespräche mit New York, Wien, Mailand und München waren für ihn etwas Alltägliches. Wenn ein Sänger von einem Tag zum anderen erkrankte und gleichwertiger Ersatz herbeigeschafft werden musste, dann war er in seinem Element. Das hier, die Angelegenheit des unerlaubten Ausflugs, hätte Dumontier allein erledigen können. Der Direktor nahm sich nur der Sache an, weil die Presse den Fall anscheinend hochspielen wollte und weil er noch nicht wusste, warum. Möglicherweise steckte ein guter Freund dahinter.

Sie waren weit aufs Dach hinausgegangen, da zeigte Dumontier auf eine Stelle und sagte: »Hier lag sie.«

Der Schadensbeamte von der Versicherung malte

ein großes Kreuz auf die Stelle. Der Journalist schoss ein Foto. Das leere Dach gab leider nicht viel her. Schade, dachte er sich, dass das Mädchen nicht mehr da liegt.

Der Direktor sagte: »Oft wird von der überladenen Architektur der Pariser Oper geschrieben. Manchmal ist es geradezu Mode, sich darüber auszulassen. Hier ist der Beweis, dass diese Architektur auch ihren praktischen Wert hat. Stellen Sie sich vor, das Mauergesims wäre nicht hier gewesen. Die Kleine wäre unweigerlich in die Tiefe gestürzt. Wenn das keine Voraussicht des Erbauers war!«

Dumontier dauerte die Sache zu lange. »Hier oben ist das Fenster, wo sie ausgeglitten ist«, erklärte er.

Der Mann von der Berufsgenossenschaft wollte es genau wissen. »War das, als sie auf das Dach hinaus- oder als sie hereinwollten?«

»Sie hat behauptet, dass es geschah, als sie von draußen hineinwollten.«

»Das ist nämlich sehr wesentlich für uns.«

»Sie können nur hier durchs Fenster aus und ein gegangen sein«, sagte Dumontier. »Denn die Tür, das haben Sie ja selbst gesehen, ist immer verschlossen. Und noch können unsere Mädchen nicht durch ein Schlüsselloch schlüpfen. Für mich ist es ganz klar, dass sie den Weg durchs Fenster nahmen.«

»Es ist furchtbar schwer«, entschuldigte der Direktor Dumontier, »aus Damen, auch wenn sie noch so winzig sind, die Wahrheit und nichts als die Wahrheit herauszubekommen.«

»Ich glaube nicht an das Märchen von der offenen Tür«, blieb Dumontier starrköpfig. »Wäre die Tür offen gewesen, als sie aufs Dach gingen, hätten sie ja wieder durch die Tür zurückkommen können. Wer hätte sie denn absperren sollen? Und der beste Beweis, dass die Tür abgeschlossen war, ist doch der Umstand, dass der Hilfstrupp die Tür mit einem Nachschlüssel öffnen musste.«

»Hoffentlich lässt sich dieser Punkt eindeutig klären«, sagte der Beamte der Versicherung. »Für uns ist es nicht gleichgültig, wie die Mädchen auf das Dach gelangten.«

»Was sind das dort für Männer?«, fragte der Journalist.

»Das sind Arbeiter«, antwortete Dumontier, »sie machen Renovierungsarbeiten hier oben.«

»Aha«, sagte der Journalist und knipste wieder.

»Ist der Schlüssel, den die Maler gestern verloren haben, wieder aufgetaucht?«, wollte der Direktor wissen.

»Bis jetzt nicht«, antwortete Dumontier. »Aber wenn die Mädchen ihn tatsächlich gehabt hätten, wäre es für sie doch ganz einfach gewesen, wieder ins Haus zu kommen. Dann hätten sie doch nicht nötig gehabt, durch das Fenster zu steigen.«

»Das meine ich auch«, bestätigte der Versicherungsmann.

»Irgendetwas stört mich bei der Sache«, begann der Direktor laut zu denken, »und ich komme noch darauf, was.«

»Wenn die Arbeiter auf dem Dach zu tun haben, ist dann die Tür immer verschlossen oder offen?«, fragte der Journalist.

»Selbstverständlich verschlossen«, sagte Dumontier.

Der Direktor hustete.

»Und wo ist der Schlüssel, wer trägt die Verantwortung dafür?«

»Die Verantwortung«, begann Dumontier schwungvoll, »die ... das ... das ist eigentlich eine Sache der Gebäudeverwaltung.«

»Also trägt niemand dafür Verantwortung«, sagte der Journalist. »Wie hätte der Schlüssel auch sonst verschwinden können?«

»Als ich gestern mit den Mädchen vorbeiging, war die Tür ...« Dumontier fiel noch im rechten Augenblick ein, dass die Tür offen stand. »Aber dazu sind wir ja da«, begann er wieder. »Ich habe die Mädchen, die nur hinaufguckten, sofort weggejagt.«

»Wie viel Gage erhält ein Sänger oder eine Sängerin an der Pariser Oper für einen Abend?«, wollte der Mann von der Zeitung wissen.

»Sie meinen wohl in einer Hauptrolle?«

»Ja.«

Der Direktor lächelte. »Sie dürfen annehmen, dass es nicht wenig ist.«

»Und was, glauben Sie, würde es kosten, stellten Sie hier während der Renovierungsarbeiten einen Mann hin, einen Türwächter? Er müsste schon sehr hart mit Ihnen verhandeln, wenn er in einem Jahr das bekommen sollte, was ein Spitzensänger an einem Abend verdient.«

»Tja«, sagte der Direktor, »heute sind wir alle klüger. Nicht nur Sie, mein Herr, auch wir.«

Die Männer verließen das Dach. Die verbotene Tür stand offen, kein Mensch war in der Nähe.

Der Journalist knipste die verbotene Tür, obwohl sie nicht sehr schön war.

Der Direktor hüstelte wieder, und Dumontier ärgerte sich, doch dann hellten sich seine Gesichtszüge auf. Die Schülerinnen der zweiten Ballettklasse kamen ihnen entgegen. Sie waren auf dem Weg zum Schulunterricht. Nach dem in der Oper geübten Brauch machten die Mädchen vor dem Direktor einen formvollendeten Knicks.

Der Direktor winkte ihnen zu.

Der Journalist knipste.

»Hoffentlich haben Sie die Begleitperson mit auf dem Foto«, sagte Dumontier. »Es ist die Lehrerin, Mademoiselle Aubert, falls Sie das dazuschreiben wollen.«

»Unsere Schülerinnen gehen nie ohne Aufsicht von einem Raum in den anderen«, pflichtete der Direktor bei. »Es sind nämlich häufig ziemlich lange Strecken zurückzulegen«, fuhr er fort. »Wenn Sie wollen, können wir zum Beispiel einmal die Schritte zählen, die die Kleinen zurücklegen müssen, von den Ballettsälen, in denen sie trainieren, bis zu den Klassenzimmern, wo sie Unterricht bekommen.«

»Und wie ist es«, fragte der Journalist unbeeindruckt,

»wenn kleinere Gruppen einer Klasse unterwegs sind, sind sie da auch unter Aufsicht?«

Dumontier fiel ein, dass er einige Mädchen gestern in die Schneiderwerkstatt geschickt hatte, auch Delphine und Bernadette. Ihr Weg führte zweimal an der verbotenen Tür vorbei. Und die Tür war doch offen gestanden.

»Wir haben natürlich nicht für jedes Mädchen eine Erzieherin«, sagte der Direktor. »Ich denke, jener Teil der Presse, der unseren Etat ohnehin sehr genau unter die Lupe nimmt, würde uns das sehr vorwerfen, kämen wir erst auf diesen Gedanken.«

Die Schülerinnen und die fünf Herren entfernten sich immer mehr voneinander. Der Direktor, Dumontier und die anderen drei, das sah so entsetzlich ernst und gefährlich aus. Sehr beunruhigt drehten die Mädchen sich nach ihnen um.

Plötzlich löste sich Dumontier aus der Gruppe und kam auf sie zu. »Delphine Nadal wird gleich benötigt. Ich lasse sie dann holen.«

Mademoiselle Aubert, die sich immer bemühte, die Mädchen ernst zu nehmen und sie zu verstehen, erwiderte: »Die kleine Nadal ist völlig durcheinander. Schließlich ist Bernadette ihre beste Freundin.«

»Das ist mir nicht verborgen geblieben. Auch ich habe Augen im Kopf. Aber machen Sie nicht lauter Seelchen aus dieser Rasselbande. Mädchen, die sich auf die Dächer hinauswagen, dürften seelisch ziemlich robust sein.«

»Mädchen, die unter einem solchen Leistungszwang

stehen wie unsere hier«, sagte die junge Lehrerin, »müssen robust sein.«

»Das ist fein«, meinte Dumontier, »dann werden Sie sicher einsehen, dass solche Mädchen auch eine Bestrafung überleben werden.«

»Wenn sie sinnvoll ist, ja.«

»Sinnvoll, sinnvoll! Begreifen Sie denn nicht, in welch unmögliche Situation uns die beiden gebracht haben? Sollen wir da noch Danke schön sagen?«

»Wenn wir ihnen ein bisschen mehr Entgegenkommen zeigten, mehr Verständnis für ihren Hang zum Herumtollen, mehr Verständnis für ihre Neugier, wäre das nicht passiert.«

»Gut, ich werde mich bei den Kindern bedanken und sie nach weiteren Vorhaben befragen, um sie besser unterstützen zu können als gestern.«

»Hätten wir sie einmal aufs Dach hinausgeführt, hochoffiziell, wäre das nicht passiert.«

»Und Sie hätten die Verantwortung übernommen.«

»Ja.«

»Ich werde dem Direktor vorschlagen, dass Sie meinen Posten übernehmen. Denn sicher möchten Sie die Mädchen bald abstimmen lassen, ob sie lernen wollen oder nicht, ob sie beim Defilee dabei sein wollen oder nicht. Das Pariser Ballett hat ja schließlich nur seinen Ruf zu verlieren. Nein, wenn ich Ihnen etwas verraten kann, dann dies, dass ich ab heute noch strenger sein werde als bisher. Was wir brauchen, ist Disziplin und noch einmal Disziplin. Und Sie schicken mir dann die Nadal.«

Mademoiselle Aubert war tiefrot geworden. »Ich werde sie schicken, aber ich werde sie nachher fragen, ob sie von Ihnen eingeschüchtert wurde. Verlassen Sie sich drauf!«

Dumontier ging zu den anderen Herren zurück, die auf ihn warteten.

Der Versicherungsbeamte, der Inspektor der Berufsgenossenschaft und der Journalist hatten zwar kein Wort der Unterhaltung zwischen Dumontier und Mademoiselle Aubert verstanden, doch die Gesten der beiden waren deutlich genug gewesen. Sie fühlten ein gewisses Unbehagen. Sie waren nicht allzu oft in Opernvorstellungen gewesen, sie kannten die Oper wie viele Pariser mehr aus der Zeitung, auch der Journalist. Er war kein Kulturkritiker, sondern Lokalreporter. Er wurde zu den größeren und kleineren Katastrophen geschickt, und seine Spezialität war, Hintergründe aufzuspüren. Er besonders hatte es merkwürdig empfunden, welch tiefen Knicks die Mädchen vor dem Direktor machten. Ihm war klar geworden, unter welch hartem Regiment die Mädchen hier standen. Ob er da einmal mehr hineinleuchtete? Eventuell einmal mit der Lehrerin sprach, mit der der Inspizient eben eine Auseinandersetzung hatte?

Er dachte an eine Artikelreihe, und er bastelte schon an einem Titel herum. Etwa: »Die kleinen Sklavinnen von Paris.«

»Wie viele Mädchen waren auf den Dächern, die ganze Klasse doch sicherlich?«, fragte er.

»Es waren nur zwei«, antwortete Dumontier.

»Nur zwei?«

»Genügt das etwa nicht?«, gab Dumontier bissig zurück.

»Wie viele Schülerinnen hat die zweite Klasse?«

»Zwölf«, sagte Dumontier, »und das ist schon zu viel.«

»Das trifft sich gut.«

»Wieso?«

»Weil dann nur zehn die Tür abgeschlossen haben können, wenn wir den Mädchen Glauben schenken. Wurden diese Mädchen schon befragt?«

»Nein, aber es kommen alle dran, Meister. Der Unfall war nämlich gestern Nacht, und heute haben wir erst heute. Es sind kaum zwölf Stunden seitdem vergangen. Wir werden die Wahrheit herausbekommen. Verlassen Sie sich drauf.«

»Inzwischen konnten sich aber die Mädchen absprechen. Haben Sie das bedacht?«

»Und was hätten Sie uns erzählt, wenn wir die Mädchen bis lange nach Mitternacht verhört hätten?«

Der Direktor lächelte. Ihn freute die Antwort Dumontiers. Der Reporter packte seine Sachen und ging. Keiner weinte ihm eine Träne nach.

»Meine Herren«, begann der Direktor, »es ist natürlich klar, dass wir den Fall aufklären werden. Das müssen wir ja schon Ihretwegen tun, wir machen das aber auch für uns. Es geht nicht an, dass unser Institut einiger Elevinnen wegen ins Gerede kommt. Wir werden den oder die Schuldigen zur Verantwortung ziehen. Das ist klar.«

Dumontier wusste, dass letzten Endes immer die Schuld am Inspizienten hängenblieb. Deshalb beugte er vor: »Wobei ich zu bedenken bitte, dass ich in der Zeit für den reibungslosen Ablauf der Vorstellung zu sorgen hatte und nicht jedem einzelnen Mädchen vom Ballett nachrennen konnte.«

»Selbstverständlich macht Ihnen kein Mensch einen Vorwurf, lieber Dumontier«, beruhigte ihn der Direktor. »Doch irgendjemand hat Schuld, dass das passieren konnte.«

»Die Elevinnen sind alt genug, um das Gefährliche ihres Tuns einsehen zu können«, stellte Dumontier fest.

»Falls die Elevinnen daran schuld sind, müssen sie selbstverständlich bestraft werden. Wenn der Fehler bei uns liegt, ist es ein Fall von Fahrlässigkeit, und da wird dann wohl oder übel die Versicherung einspringen müssen.«

»Wobei wir natürlich unsere eigenen Überprüfungen anstellen werden«, sagte der Versicherungsbeamte.

»Und wir von der Berufsgenossenschaft auch«, fügte der Inspektor hinzu.

»Dann kann ich nur hoffen, wir kommen zum gleichen Ergebnis, meine Herren.«

Dumontier, der nicht so streng scheinen wollte, wie die beiden Herren und vielleicht auch der Direktor dachten, sagte: »Ich kenne die Bande. Da ist bestimmt keine mit schlechtem Charakter drunter. Aber sie sind immer gleich außer Rand und Band. Sie haben eben immer nur eines im Kopf. Sie wollen spielen und noch einmal spielen.«

»Was ja in dem besonderen Fall dieser Mädchen nur allzu verständlich ist«, sagte der Versicherungsbeamte, der selbst drei Töchter daheim hatte, die gerade nicht an Temperamentlosigkeit litten. Besonders seine jüngste nicht.

»Und an die Leine kann man sie nicht legen«, seufzte Dumontier.

Der Direktor legte die Hand auf die Schulter des Inspizienten. »Trotzdem müssen wir herausbekommen, wie die Sache wirklich lief. Es wird, das sagte ich Ihnen noch nicht, sogar eine polizeiliche Untersuchung des Falles geben. Bitte, stellen Sie sich dem Beamten zur Verfügung und tun Sie alles, um seine Untersuchung zu erleichtern. Aus diesem Vorfall sollen alle eine Lehre ziehen, die Kleinen wie die Großen. Nur dann wird er sich nicht wiederholen.«

Der Direktor nahm die beiden Herren in sein Büro mit. Dumontier blieb allein zurück, holte sich sein verdrücktes Notizbuch aus der Tasche und notierte sich sofort Stunde für Stunde den gestrigen Tagesablauf. Da war alles sonnenklar. Da konnte überhaupt nichts schiefgehen. Ihm konnte man nicht den allergeringsten Vorwurf machen.

Dann ging der Inspizient in Gedanken versunken auf die Eisbahn zurück, ergänzte seine Notizen noch und war, ehe er sich's versah, wieder bei der verbotenen Tür. Zwei Malergesellen und ein Feuerwehrmann unterhielten sich angeregt. Wahrscheinlich über den gestrigen Vorfall.

»Wir haben den Schlüssel gesucht wie eine Stecknadel«, sagte einer der Maler.

»Wann war das?«, fragte Dumontier.

»Noch vor Mittag.«

Dumontier notierte. »Und da hat mir keiner was gesagt?«

»Ich habe doch telefoniert.«

»Mit wem?«

»Mit irgendjemandem von der Verwaltung, aber da kam so eine Bande vorüber und machte solchen Krawall, dass ich nicht mehr verstehen konnte, was er sagte.«

Dumontier warf einen Blick zur Tür. Sie stand wieder offen. Er bekam einen roten Kopf und rief: »Da! Sie steht schon wieder offen! Zum Kuckuck noch mal! Hört denn da keiner auf das, was man sagt? Sofort machen Sie die Tür zu!«, befahl er dem Feuerwehrmann. »Aber ein bisschen dalli, dalli!«

Wie ein begossener Pudel ging der Feuerwehrmann zur Tür, schloss sie und drehte den Schlüssel zweimal um. Dann zog er ihn ab und brachte ihn Dumontier.

»He!«, riefen die Maler. »Drei sind noch auf dem Dach!«

»Hier, behalten Sie den Schlüssel«, sagte Dumontier zum Feuerwehrmann. »Und wehe, ich sehe die Tür noch einmal offen!«

Mademoiselle Aubert wusste gleich zu Beginn des Unterrichts, dass der heutige Tag für die Schule ein verlorener Tag sein würde. Die Mädchen waren so aufgeregt und bedrückt, dass es ihnen unmöglich war, auch nur eine Spur von Aufmerksamkeit aufzubringen.

Mademoiselle war zum Glück eine junge Lehrerin, die sich mit der Jugend ernsthaft auseinandersetzte. Sie wusste, dass mit Gewalt weniger zu erreichen war als mit Verständnis. Sie wunderte sich nur ein bisschen, wenn sie die Gesichter musterte.

Delphine, gewiss, die sah am mitgenommensten aus, aber da gab es noch andere, die waren fast genauso bedrückt. War die Freundschaft unter den Mädchen bereits so tief, dass sie das Schicksal Bernadettes so mitnahm, oder wussten sie etwas, was die Erwachsenen noch nicht wussten?

Julie war – wie immer – etwas isoliert in der Klasse. Für sie war es ein Tag wie jeder andere. Keine sonst gab sich so unbeteiligt. Ob Julie einfach die beste Schauspielerin war?

Der Blick der jungen Lehrerin wanderte wieder zu Delphine. Die Kleine zerknüllte ein Blatt Papier, auf das sie vorher etwas geschrieben hatte. Ob es eine Mitteilung an andere war?

Wenig später schämte sich Mademoiselle Aubert. Auf dem Blatt standen nur die Worte »Lieber Gott«, sonst nichts. Aber sie ließen die Verzweiflung der Kleinen erkennen. Da klopfte es.

Die Mädchen zuckten zusammen wie nie sonst. Heute konnte dieses Klopfen nur Gefahr bedeuten.

Die Lehrerin ging zur Tür. Die Mädchen konnten

zwar den durch den Türstock halbverdeckten Kopf einer Aufseherin erkennen, aber kein einziges Wort aufschnappen. Dazu unterhielten sich die beiden zu leise. Zum Schluss nickte Mademoiselle Aubert einige Male und machte die Tür nicht zu.

So gebannt haben sie mich noch nie angestarrt, dachte sie, als sie zum Katheder zurückkehrte. Doch dann überlegte sie und ging auf Delphine zu. Sie legte die Hand auf die schmale Schulter des Mädchens und nickte kaum merklich, als Delphine sie fragend ansah.

»Wo?«, fragte Delphine mit ersterbender Stimme.

»In der Direktion, Kind. Und es ist am besten, du sagst die Wahrheit. Es ist für dich auf jeden Fall am günstigsten. Man kann dir dann besser helfen.«

Delphine nickte und erhob sich. Gestern noch hatte sie vor Barlof getanzt, heute war sie kaum ihrer Beine mächtig. Langsam klappte sie ihr Heft zusammen, räumte ihr Pult sorgfältig auf, dann ging sie zur Tür.

Kiki meldete sich.

»Mademoiselle, sie ist so blass, darf ich sie begleiten?«

Die Lehrerin war einverstanden. Kaum waren die Mädchen einige Schritte auf dem Flur unterwegs, begann Kiki zu betteln.

»Delphine, sei ein Engel, bitte, sag nichts! Was hast du denn davon, wenn wir alle bestraft werden. Du wirst deshalb nicht weniger bestraft. Das ist dir doch klar?«

Delphine schwieg und ging langsam, sehr langsam weiter.

»Und du hast keinen Vater, aber fast alle anderen. Wenn die dann Briefe von der Direktion bekommen, die reagieren anders als eine Mutter.«

»Briefe?«, fragte Delphine.

»Ich denke es wenigstens. Wie sollten die Eltern es sonst erfahren? Und du weißt, die Erwachsenen halten immer gegen uns zusammen. Deshalb müssen wir es auch.«

Es war ein endloser Weg über Gänge, Treppen und wieder Gänge. Kiki plapperte und plapperte, und Delphine sagte hin und wieder ja. Wie gelähmt. Sie hatte einen Kopf wie ein Luftballon, er konnte jeden Augenblick auseinanderplatzen.

Hinter den vielen Türen hallte es wider von Musikproben, da die perlenden Läufe einer Klarinette, dort schmetternde Stöße aus einer Posaune. Zusammen eine furchtbare Katzenmusik. In einem anderen Stockwerk sangen sich Sänger ein. Es war wie in einem Tollhaus.

Dann standen sie endlich vor der bedrohlichen Tür.

Kiki sagte rasch: »Also, du weißt, was ich dir gesagt habe«, küsste Delphine schnell auf die Wangen und verschwand.

Delphine klopfte an und drückte auf das »Herein« die Klinke nieder. Und da stand sie, und ihr gegenüber stand Dumontier mit seinem gewellten, grau werdenden Haar, und an einem Tisch saß ein blasses Fräulein, das aussah, als hätte es heute Morgen schon geweint.

Es war seltsam, Dumontier erschien ihr heute größer als sonst. Wuchs er etwa wie ein Geist aus der Flasche?

»Gehen Sie ins Nebenzimmer und tippen Sie dort meinen Bericht in die Maschine«, befahl Dumontier.

»Jetzt schon?«, fragte die Sekretärin.

»Warum nicht jetzt?«

»Die Kleine hat sich doch noch gar nicht geäußert.«

»Sie machen, was ich sage, sonst nichts!«, schrie Dumontier und wurde wieder ein bisschen größer.

Die Sekretärin nahm den Stenoblock und verließ das Zimmer durch eine Seitentür.

Delphine war mit Dumontier allein.

Wie ein Blitz durchschoss sie der Gedanke, dass es ein Fehler war, ihm gegenüber ganz allein zu sitzen. Einen Anwalt musste sie haben, jemanden, der sie richtig beriet.

Der Inspizient ging eine Weile auf und ab. Er hatte die Hände in den Hosentaschen und klimperte mit einem Schlüsselbund. Dann sah er das arme Ding prüfend an.

Da saß sie nun, bleich, fast grün im Gesicht. Aber, und das ärgerte ihn sofort wieder, trotzig, wie es schien. Nein, nein, nur kein Gefühl der Milde aufkommen lassen. Er kannte die Frauen, auch wenn er nicht verheiratet war. Wann je hätte er eine Frau kennenlernen sollen, außerhalb der Oper, denn von der Oper wollte er keine.

»Und nun zu uns beiden, mein Kind«, begann er und war über seinen sanften Ton selbst ein wenig überrascht. »Du hast mir gewiss einen ganzen Roman zu erzählen. Denk aber daran, dass nicht nur ich den Fall untersuche, sondern auch die Polizei. Was ich nicht herausbekomme, kriegt die Polizei bestimmt heraus, und dann ist das eine gehörige Portion unangenehmer für dich. Also?«

Da Delphine nicht den Mut zu einer Antwort aufbrachte, wurde er ungeduldig und laut. »Hast du die Sprache verloren? Komisch, ich weiß, dass du sonst viel gesprächiger bist, vor allem, wenn du den Mund halten solltest.«

Da Delphine noch immer schwieg, wurde er wieder ein bisschen ruhiger und sagte weniger barsch: »Hör mal zu. Dir ist doch bekannt, dass ihr ohne Begleitung einer Aufseherin und ohne besondere Erlaubnis oder Auftrag nicht einfach im Haus herumlaufen dürft. Schließlich ist das hier die Oper und nicht ein Wald.«

»Jawohl, Monsieur«, hauchte Delphine.

»Du gibst also zu, dass du gegen diese Hausordnung verstoßen und dich dadurch in eine sehr, sehr schwierige Lage gebracht hast?«

Delphine nickte.

»Was hattet ihr denn da oben während der Vorstellung überhaupt zu suchen?«

Jetzt war guter Rat teuer. Delphine dachte an die Kameradinnen. Wenn sie dichthielt, würden sie alle zu ihr aufschauen, und daran lag ihr sehr. Also sagte sie: »Ich bin noch einmal in unser Klassenzimmer hinaufgegangen. Ich hatte ein Buch vergessen, im Pult. Ich hab's mir geholt.«

»Und was war das für ein Buch?«

»›Die Geschichte Frankreichs‹.«

Dumontier nahm diesen Satz recht ärgerlich zur Kenntnis. Dieses kleine Biest war noch frecher, als er gedacht hatte! Sicherlich kannte sie seine Vorliebe für französische Geschichte, und nun wollte sie ihn damit verschaukeln.

»›Die Geschichte Frankreichs‹ ist also daran schuld, dass du dich so mir nichts, dir nichts über die Hausordnung hinweggesetzt hast. Und dann hast du auch gleich im Buch nachgeschlagen und in den nur notdürftig beleuchteten Gängen zu lesen begonnen. Welches Kapitel?«

»Napoleon«, sagte Delphine, und das hätte sie nicht tun sollen, denn Dumontier wurde noch lauter.

»Und die Sache war wohl so spannend«, fuhr er fort, »dass du erst aufschrecktest, als du schon auf dem Dach warst, wie?«, Er sprang auf, hieb mit der flachen Hand auf den Tisch, dass es nur so knallte, und schrie: »Warum erzählst du nicht gleich, dass du Schlafwandlerin bist oder mondsüchtig oder was es da sonst noch gibt! Sag mir klipp und klar: Hältst du mich für einen Idioten?«

»Nein, Monsieur«, antwortete Delphine leise.

Dumontier setzte sich und stöhnte: »Geschichte Frankreichs! Napoleon! So dumm kann man nicht sein. Sicherlich hast du Bernadette vorgelesen, und die war von deiner Vortragskunst so hingerissen, dass sie gleich in die Tiefe sprang. – Hör mal gut zu, meine Kleine! Wir spielen hier kein Theater. Hier wird ein Schuldiger gesucht, und das ist keine komische Oper. Wenn die bewusste Tür offen war, dann ist ja jemand dafür verantwortlich, und den werden wir finden! Wobei dieser Jemand seinen Rausschmiss riskiert.«

Zu spät erkannte Delphine, dass es nicht nur um sie und ihre Kameradinnen ging, sondern dass man noch andere Schuldige suchte. Die Angelegenheit war ernster, als sie gedacht hatte.

»Also, was ist?«, fragte Dumontier. »Willst du bei deinen läppischen Behauptungen bleiben?«

Delphine schwieg.

»Gut, wiederholen wir. Du wolltest dir irgendeinen Schmöker aus dem Klassenzimmer holen. Aber dann seid ihr beide, du und Bernadette, aufs Dach hinaus. Warum eigentlich?«

»Wir wollten uns ein bisschen amüsieren.«

Dumontier atmete auf. Er spürte, dass sie jetzt die Wahrheit sagte. Wenn er sie nicht zu barsch anfuhr, würde sie vielleicht alles beichten. Und die Übelste war sie ja nicht.

»Na also«, sagte er und versuchte, so gut er konnte, zu lächeln. »Langsam scheinen wir uns ja zu verstehen. Ihr wart also beide allein da oben, Bernadette und du.«

»Ja«, flüsterte Delphine.

Stimmt das?, fragte sich Dumontier. Nun, er würde es herausbekommen. Es genügte, wenn sie zu zweit da oben waren. »Deine Freundin werden wir später vernehmen«, fuhr er fort. »Die ist gestraft genug. Aber auch dir wird die Lust zum Amüsieren wohl für eine lange Zeit vergehen. Amüsiere ich mich etwa?«

Delphine schüttelte den Kopf.

Nein, man konnte wirklich nicht sagen, dass Dumontier, den sie heimlich und respektlos »Dudu« nannten, sich amüsierte. Immer wirkte er gehetzt, von Sorgen geplagt und innerlich wütend. Stets rannte er, als wäre jemand mit dem Ochsenziemer hinter ihm her. Wenn er auftauchte, schimpfte er und verbreitete Angst und Schrecken um sich. Und doch lachten alle über ihn, war er wieder verschwunden.

»Also sag mir jetzt auf Ehre und Gewissen: Wie seid ihr auf die Dächer gelangt?«

»Durch die verbotene Tür.«

»Diese Tür ist immer verschlossen, das muss sie auch gestern gewesen sein.«

»Wir gingen aber durch die Tür aufs Dach, Bernadette kann es bestätigen.« Fast hätte sie gesagt: Und die anderen auch.

»Und wie erklärst du dir die eingeschlagene Fensterscheibe?«

»Als wir wieder ins Haus wollten, war die Tür zugesperrt. Und da haben wir uns einen anderen Rückweg suchen müssen.«

Der Inspizient unterdrückte einen Fluch. Er spürte genau, da war irgendetwas nicht in Ordnung, das war nicht die ganze Wahrheit. Das Mädchen log nach wie vor. Um nicht die Geduld zu verlieren, riss er die Tür zum Nebenraum auf, um zu sehen, wie weit die Sekretärin mit der Niederschrift war. Er bemerkte dabei gar nicht die hübsche junge Frau, die in einer Ecke saß und ihn aufmerksam betrachtete.

»Hat die Polizei sich schon bei Ihnen gemeldet?«, fragte er so laut, dass Delphine es hören musste. Vielleicht machte sie das wahrheitsliebender. »Wann kommt denn endlich dieser verdammte Inspektor?«

»Ist schon hier«, sagte die blonde Frau und erhob sich. »Mein Name ist Lise Dulong.«

»Da bin ich wieder mal gehörig ins Fettnäpfchen getreten«, brummte Dumontier. »Ich habe Sie gar nicht bemerkt, aber selbst wenn, ich hätte Sie nie für eine Polizistin gehalten.«

»Wenn es um Ermittlungen geht, bei denen Minderjährige betroffen sind«, erklärte Lise Dulong, »setzt die Polizei weibliche Beamte ein. Für die Männer bleibt immer noch genug zu tun. Könnte ich die Unfallstelle sehen?«

»Selbstverständlich. Ich stehe ganz zu Ihrer Verfügung. Seit gestern Abend dreht es sich bei mir um nichts anderes mehr als um Schlüssel, Türen, Fenster, Fenster, Türen und wieder Schlüssel. Möchten Sie vielleicht eine der Missetäterinnen kennenlernen?«

»Gerne.«

Er ging zur Tür und rief Delphine: »Komm, lass dich einmal anschauen!«

Delphine erhob sich, trat in die Tür, machte einen schüchternen Knicks und versuchte ein Lächeln. Beides gelang ihr nicht besonders.

Lise Dulong erkannte sofort, dass das Mädchen voller Angst war, und sah sie freundlich an: »Ich werde dir später einige Fragen stellen. Vorher würde ich gerne mit Ihnen sprechen, Herr Dumontier.«

Der Inspizient entgegnete gereizt: »Wenn Sie mich vernehmen wollen, mein Bericht ist fertig. Alles haargenau notiert und in bester Ordnung. Mit mehreren Durchschlägen getippt für die Direktion, für die Berufsgenossenschaft, die Versicherung, die Hausverwaltung und natürlich auch für die Polizei, falls Sie daran interessiert sind. Ich habe nämlich noch eine kleine Nebenbeschäftigung. Ich bin der Mann, der nur dafür zu sorgen hat, dass hier alles wie am Schnürchen läuft.«

»Ihr Bericht interessiert mich sehr, denn ich kenne die Oper hinter den Kulissen nicht.«

»Also dann jetzt noch einmal aufs Dach?«

»Bitte!«

»Und was soll ich mit der Kleinen?«, rief die Sekretärin ihm nach.

Dumontier riss es herum. »Behalten Sie sie einstweilen hier. Aber lassen Sie sie nicht aus den Augen. Wenn ich bis elf Uhr dreißig nicht zurück bin, schicken Sie sie in die Kantine. Nein, nicht schicken. Führen Sie sie hin. Oder noch besser, ich lasse sie durch eine Aufseherin holen. Ich will nicht, dass sie sich im Haus ohne Begleitung und Aufsicht herumtreibt.« Er wandte sich an Delphine und wiederholte eindringlich: »Hörst du? Ich will nicht, dass du dich hier herumtreibst.«

Als er mit der Beamtin weggegangen war, sagte die Sekretärin: »Der scheint dich ja für einen Gangster zu halten. Komm, setz dich, vor mir brauchst du keine Angst zu haben.«

Sie fand, dass man die Geschichte viel zu sehr aufbauschte. Sie war nun mal geschehen, und sicher bereuten alle Beteiligten, dass man sie nicht rückgängig machen konnte. Das eingeschüchterte Mädchen hier wahrscheinlich am meisten. Sie hatte doch bestimmt nicht gedacht oder sich gar gewünscht, dass ihre Freundin sich ein Bein bräche. Wenn sie aber andererseits bedachte, welchen Wirbel die Mädchen veranstalten konnten, schwand ein Teil ihres Mitleides.

»Wie kommt es nur«, fragte sie, »dass ihr einzeln, jede für sich, ganz nett seid, und kaum seid ihr mit ein paar anderen zusammen, geht schon der Höllentanz los.«

Delphine hob die Schultern und ließ sie fallen.

»Man muss nämlich auch Monsieur Dumontier verstehen«, fuhr die Sekretärin fort. »Um keinen Preis der Welt möchte ich mit ihm tauschen, denn er hat ja nicht nur mit euch Mädchen zu tun, sondern auch noch mit den Jungens. Und die sind mindestens genauso schlimm. Ja, ja, guck nicht so! Ihr seid auf keinen Fall die Braveren. Und von den Großen rede ich erst gar nicht.«

Dumontier machte die Polizeibeamtin mit den räumlichen Verhältnissen der Oper vertraut. Natürlich interessierte sie sich in erster Linie für die Bezirke, in denen das Ballett zu tun hatte. Das waren im fünften Stock die Ankleideräume der Mädchen, und hier besonders das der zweiten Klasse, in dem Mercedes ganz zerknirscht saß.

Lise Dulong sah sich sorgfältig um. Jede Ballettschülerin hatte ihren eigenen Platz und Spiegel, damit sie sich ungestört frisieren und schminken konnte, dann noch ein Fach, einen kleinen Wandschrank, in dem Wolljacken und Ballettschuhe aufbewahrt wurden. Dazu kam noch der Schrank für die Straßenkleider.

Dumontier ging nervös hinter der Beamtin auf und ab und erklärte: »Die Mädchen sind immer wieder darauf hingewiesen worden, und sie wissen auch, dass sie die Garderobe nur zu ihrem Auftritt verlassen dürfen.«

»Trotzdem sind sie auf die Dächer entwischt, ohne dass jemand es gemerkt hat.«

Mercedes, die die junge Frau nicht einen Augenblick mit der Polizei in Verbindung brachte, wurde ärgerlich, dass eine Fremde in ihrer Garderobe herumschnüffelte, als wäre sie hier zu Hause. Sie hüstelte nervös vor sich hin und hätte den Eindringling gern hinausgeworfen, wenn ihr nur ein Grund dafür eingefallen wäre.

»Und Sie?«, richtete nun Lise Dulong das Wort an Mercedes, »Sie haben gestern nichts bemerkt?«

»Ich habe genug damit zu tun, alle anzuziehen. Wenn ich auch noch jeden Schritt überwachen sollte, wo käme ich da hin? Die Mädchen müssen doch alle rechtzeitig fertig sein.«

»Ist Ihnen gestern Abend etwas Besonderes aufgefallen?«

»Was soll mir schon aufgefallen sein? Es war ein Tag wie jeder andere, wenn dieses Programm auf dem Plan steht.«

»Die junge Dame ist von der Polizei«, erklärte nun Dumontier. »Verschweigen Sie ihr keine Ihrer Wahrnehmungen.«

»Ich kann nichts Nachteiliges über die Mädchen sagen«, erwiderte Mercedes. »Im Gegenteil, gestern Abend waren sie besonders brav und nett.«

Mercedes erreichte damit das Gegenteil von dem, was sie erhofft hatte. Die Polizeibeamtin gab sich nicht mit der Antwort zufrieden. Im Gegenteil, sie schien interessierter zu sein als vorhin.

»Alle?«, fragte sie.

»Alle.«

»Was haben Sie sich dabei gedacht?«

»Dass die Kinder anscheinend doch vernünftig werden.«

»Dass Kinder besonders brav sind, wenn sie etwas angestellt haben oder irgendeinen Streich im Schilde führen, ist Ihnen doch bekannt.«

»Ja, aber so wirkten sie gestern nicht, sonst hätte ich doch ...« Mercedes hätte sich beinahe verplappert. Sie hatte sagen wollen: Sonst hätte ich die Garderobe doch nicht für ein paar Minuten verlassen.

»Was hätten Sie sonst?«, fragte Lise Dulong.

»Sonst hätte ich, hätte ich doch ... etwas gemerkt«, stammelte Mercedes.

»Wann merkten Sie das Fehlen der beiden? Oder fehlten mehr?«

»Ich merkte überhaupt nichts«, sagte nun Mercedes schroff. »Selbstverständlich war immer wieder mal eine auf einen Sprung draußen. Aber die Mädchen sind doch noch Kinder, und wenn sie dann unten auf der Bühne sind, ist es zu spät, um aufs Klo zu gehen.«

»Wollen Sie noch die oberen Stockwerke sehen?«, fragte Dumontier.

»Ja.«

Sie verließen die Garderobe und die aufgebrachte Mercedes.

»Alles, was sich über diesem Stockwerk befindet«, erklärte Dumontier, »ist für die Schülerinnen Sperrgebiet, wenn nicht gerade Unterrichtsstunden stattfinden. Aber zu diesen werden sie hinaufgeführt. Natürlich werden sie auch wieder unter Aufsicht zurückgebracht. Aber ich kann noch so viel predigen, sie hören nicht auf mich. Sie hören auf niemanden. Früher war das anders.«

»Wirklich?«, fragte Lise Dulong zweifelnd.

»Da herrschte in der Ballettschule die gleiche Disziplin wie in der Kadettenanstalt von Saint Cyr.«

»Ich kann mir nicht helfen«, sagte Lise Dulong, »aber dieser Ausflug auf das Operndach erschien mir von Anfang an als eine Flucht aus einer allzu straffen Lebensführung.«

»Und das sagen Sie?«, fragte Dumontier missmutig, halb staunend.

»Warum sollte ich es nicht sagen?«

»Sie sind immerhin von der Polizei.«

»Alle haben lernen müssen«, erwiderte die merkwürdige Polizeibeamtin, »und wir gerade nicht wenig.«

Dumontier verstand die Welt nur mehr halb so gut

wie gestern. Wenn sogar Polizeibeamtinnen schon Verständnis für die Extratouren kleiner Mädchen hatten, dann konnte die Welt nicht mehr lange stehen.

»Gehen wir weiter?«, fragte er.

»Wenn es Ihnen recht ist.«

Sie stiegen mehrere Stockwerke hinauf, bis sie die Eisbahn erreichten. Dumontier musste verschnaufen. Es war doch geradezu verrückt, was er alles leisten musste. Mindestens die Hälfte des Tages war er in der Oper, und andere hatten eine garantierte Vierzigstundenwoche und zwei Tage zum Wochenende frei. Und nicht halb so viel Ärger wie er, von der Verantwortung gar nicht zu reden.

»Hier geht's weiter zum Dach«, sagte er endlich. »Ich denke, das wollen Sie auf jeden Fall sehen.«

»Erraten«, sagte Lise Dulong und lächelte.

Durch das eintönige Schreibmaschinengeklapper war Delphine in eine Art Halbschlaf gefallen. Sie saß noch immer in der Nähe der Sekretärin, die immer wieder neues Papier in die Maschine einführte und beschrieb.

Als die junge Frau aufhörte zu tippen, fuhr Delphine hoch.

»Was ist denn, Delphine?«

»Ich bin wahrscheinlich erschrocken, weil es plötzlich still war.«

»Hast wohl schlecht geschlafen heute Nacht?«

»Fast überhaupt nicht«, antwortete Delphine mit

ganz kleiner Stimme. »Erst gegen Morgen ein biss-chen.«

Die Frau ordnete die beschriebenen Blätter und ent-fernte das Durchschlagpapier.

»Wissen Sie …«, begann Delphine.

»Ja?«

»Wissen Sie, welche Strafe ich bekommen werde?«

Die Sekretärin wusste es nicht. »Nun«, meinte sie, »es gibt eine ganze Skala von Disziplinarstrafen, aber die kennst du ja.«

Das stimmte. Es gab eine ganze Reihe von Möglich-keiten. Ihr konnte das Spielgeld abgezogen werden, das ihr für die Mitwirkung an einer Vorstellung zustand. Sie konnte Tanzverbot für einen oder mehrere Tage er-halten. Sie wollte nicht weiterdenken. Wenn man ihr zum Beispiel verbot, an den Proben zu *Galatea* teilzu-nehmen, was machte sie dann, wie beichtete sie das ih-rer Mutter? Und Barlof? Würde er ihr diesen Fehler ver-zeihen?

Die Zeit verstrich quälend langsam. Manchmal hatte sie das Gefühl, der Zeiger der elektrischen Uhr an der Wand schlüge, wenn sie nicht hinsah, schnell die um-gekehrte Richtung ein.

Delphine gähnte. Sie schämte sich, weil sie dieses Gähnen nicht im Geringsten unterdrücken konnte. Hof-fentlich muss ich nicht so gähnen, wenn Dumontier wieder da ist, dachte sie und wartete weiter. Aufs Neue durchzuckte sie Hoffnung. Vielleicht war dieses War-ten hier ihre Strafe. Vielleicht ließ man sie hier einfach ein wenig »dünsten«, und wenn sie ganz weich war, kam Dumontier, schimpfte und polterte und sagte schließlich: »Also Schwamm drüber, und wenn das noch einmal passiert, dann fliegst du, verstanden?«

Wieder vergingen Ewigkeiten, da wurde an die Tür geklopft. Draußen stand eine vergrämt wirkende Aufseherin, die den Auftrag hatte, Delphine in die Kantine zu führen.

Sie legten den langen Weg in die Kantine zurück, ohne ein Wort miteinander zu wechseln. Dort warteten schon die anderen Mädchen der zweiten Klasse. Sie waren ganz aufgeregt vor Neugierde, denn es kam auf jedes Wort an, das Delphine gesagt hatte.

»Los!«, rief Kiki. »Sag schon was, wie war es beim Verhör?«

»Seid doch ruhig!«, mahnte Suzon. »Eine nach der anderen!«

Aber Kiki ließ sich nicht beruhigen. »Ich will doch nur wissen, ob sie gesungen hat«, sagte sie und stellte damit unter Beweis, dass sie sich in Western und Krimis gut auskannte.

»Hast du's ihm gesagt?«, fragte Suzon mit mindestens ebenso viel Neugierde wie Kiki.

»Was?«

»Dass wir oben waren?«

»Nein. Wozu auch?«

Ein allgemeiner Seufzer der Erleichterung war auf diese Antwort hin zu vernehmen. Steine plumpsten von den Herzen. Farbe kehrte in die Gesichter zurück, bald herrschte wieder jenes ohrenbetäubende Geschnatter wie an jedem anderen Tag. Nur Delphine blieb ernst. Für sie war die Sache noch keineswegs ausgestanden.

Suzon sagte, was alle anderen dachten: »Das ist wirklich anständig von dir. Wirklich, du bist ganz große Klasse!«

Wieder redeten die Mädchen wild durcheinander, hoben ihre Limogläser und prosteten Delphine zu, als wäre Wein darin. Es war aber auch eine Riesenerleichterung für sie. Die ganze Zeit hatten sie gezittert und sich nicht auf den Unterricht konzentrieren können, mit jeder Minute war die Spannung ärger geworden, und nun kam heraus, dass die einzigartige Delphine dichtgehalten hatte! Prost, Kinder!

Bitte, sagte sich jede, es war riesenanständig von Delphine und eine tolle Sache, aber ich hätte es auch so gemacht. Und sie beruhigten weiter ihr Gewissen.

War es nicht so, dass Delphine nachgerade dazu verpflichtet war, dichtzuhalten? Wer war denn eigentlich auf die Idee gekommen, aufs Dach zu gehen? Delphine und Bernadette! Nie wäre eine von ihnen allein aufs Dach gegangen oder hätte andere dazu angestiftet. Im Grunde schwieg Delphine ja im eigenen Interesse. So wurde sie nur dafür bestraft, dass sie und Bernadette auf dem Dach waren, redete sie aber, müsste sie auch noch dafür bestraft werden, dass sie die anderen dazu angestiftet hatte.

So schnell schwindet der Dank der Welt. Nach wenigen Minuten schon sagte eines der Mädchen, das sich nicht bis aufs Dach vorgewagt hatte: »Das hätten wir doch alle getan. Und außerdem genügt es völlig, wenn eine bestraft wird.«

Die anderen widersprachen nicht, sondern stimmten zu Delphines Überraschung noch zu. Doch als Michele behauptete, dass keine hinaufgegangen wäre, wenn Delphine und Bernadette sie nicht förmlich gezwungen hätten, wurde Kiki böse: »Du warst die Erste, die hinaufwollte, dass dich dann in der Eisbahn der Mut verlassen hat, das ist ja nicht dein Verdienst. Wenn du mehr Mut gehabt hättest, wärst du genauso mit auf dem Dach gewesen wie wir.«

Suzon fiel auf, dass Delphine sehr blass war. »Iss etwas«, riet sie der Freundin. »Du musst etwas essen, dann sieht die Welt gleich anders aus. Du kannst nicht mit leerem Magen zum Training und zur Probe. Dumontier steckt dich sonst glatt in die Tasche.«

»Es ist nicht Dumontier«, gestand Delphine, »da ist noch etwas.«

»Was? Mach es doch nicht so spannend!«

»Die Polizei.«

Plötzlich war es an dem Tisch mäuschenstill.

»Verdammt«, flüsterte Kiki. »Wer hat denn die gerufen?« Doch dann hellten sich ihre Gesichtszüge auf. »Du musst recht unschuldig tun«, riet sie Delphine, »und ihn groß anschauen und weinen und irgendetwas von deiner armen Mutti sagen, dann bekommst du ihn ganz weich.«

»Es ist kein Mann«, sagte Delphine.

»Au, wie gemein!«, rief Kiki. »Sie setzen eine Frau auf deine Spur! Na, ich kann sie mir vorstellen. Breit wie eine Kuh und brutal.«

»Eben nicht, sie ist ...« Weiter kam Delphine nicht, denn alle Mädchen starrten eine junge, blonde Frau an, die mit Dumontier die Kantine betreten hatte.

»Hat Dumontier endlich eine Braut gefunden?«, fragte eine.

»Mensch, ist die schick!«, stellte Kiki fest. »Da hat er aber Glück gehabt.«

Sie gafften die beiden an, die an dem Tisch der Aufseherinnen Platz nahmen. Delphine, die gerade ein paar Bissen gegessen hatte, war sofort wieder aller Appetit verflogen.

»Ist das wohl eine neue Aufseherin?«, fragte Reinette.

»Nein«, sagte Delphine.

»Aber wer kann es dann sein?«, wollte Suzon wissen.

»Die Polizistin.«

»Da habe ich mich aber gewaltig verschätzt«, flüsterte Kiki. Und damit war ihr der Gesprächsstoff ausgegangen.

Den Mädchen schien es, als vernachlässige die Polizeibeamtin ihren Auftrag, den Fall zu untersuchen, mehr als nötig. Und schon hofften einige, dass dies für sie nur gut sein könnte. Zumal ihr das Kantinenessen zu schmecken schien. Wer weiß, was die Arme sonst bei der Polizei bekam, wahrscheinlich musste sie das essen, was auch die Häftlinge im Napf hatten.

Lise Dulong stellte aber nicht nur fest, dass das Kantinenessen vorzüglich war, zumindest für einen, der es nicht jeden Tag essen musste, sondern sie beobachtete so manches andere auch. Es war ihr nicht verborgen geblieben, dass die Mädchen an dem Tisch, wo Delphine saß, von einem gewissen Augenblick an schlagartig verstummt waren. Unschwer zu erraten, dass hier mehr im Spiel war als bloße Neugierde. Die Mädchen waren erschrocken. Sie wussten also, dass sie von der Polizei war, und sie hatten sichtlich ein schlechtes Gewissen. Warum hat man das aber wohl? Nur deshalb, weil zwei Kameradinnen von ihnen auf dem Dach waren? Nein, da stimmte etwas nicht. Da gab es etwas, vor dem Dumontier bewusst oder unbewusst die Augen verschloss. Denn die Mädchen verrieten nun echte Besorgnis. Delphine log offensichtlich. Und es war fast ebenso offensichtlich, dass sie sich aus der Sache nicht herauslügen wollte. Die Kleine log zu ihrem Nachteil.

Das Milieu der Oper war ihr völlig fremd, sie war nie zwischen Tänzerinnen, Sängern und Musikern gesessen, sie hatte sonst nichts mit Ausflügen auf Dächern zu tun, sondern mit kleinen Diebstählen, Sachbeschädigungen, Misshandlungen. Aber was sie kannte, waren die jungen Leute, und die verhielten sich alle gleich, wenn sie ein schlechtes Gewissen hatten.

Betont unbekümmert brachen jetzt die Mädchen auf. Kaum hatte eine den Nachtisch angerührt. Vor der Tür, auf dem Flur, begannen sie wie sonst einen Höllen-spektakel zu machen, der Lise Dulong aber ein wenig verkrampft erschien.

»Sind die Mädchen immer so laut?«, fragte sie den In-spizienten.

»Wieso?«, fragte der. »Sind sie denn laut? Ach, Sie meinen die zweite Klasse. Das habe ich jetzt fast nicht gehört. Aber laut sind sie immer.«

»Mir fiel es auf«, sagte Lise Dulong.

»Wir lassen das durchgehen«, erklärte Dumontier. »Wir können nicht alles verbieten. Schließlich sind wir kein Kloster. Es ist praktisch ein Ausgleich.«

Der Lärm entfernte sich, und nach ein, zwei Minu-ten war er verhallt. Die Mädchen waren wieder in der Garderobe. Und wie jeden Tag war während des Mit-tagessens der Probenplan ausgehängt worden. Del-phine musste sich überwinden, ihn zu lesen, und sie tat es mit klopfendem Herzen.

14.00 Uhr Probe Galatea
Alle Mitwirkenden auf die Bühne
Barbarin anstelle von Morel
20.00 Uhr Lohengrin

Sie atmete auf. Alles war beibehalten worden. Ausge-nommen für Bernadette, deren Name möglicherweise nie mehr auf solch einem Probenplan stehen würde. Sie selbst, Delphine, durfte nach dem Training wieder mit Barlof für die *Galatea* proben.

Während des Tanzunterrichts hatte Delphine eine ganz eigenartige Empfindung. Sie hatte den Eindruck, neben sich selbst zu stehen. Während die eine Delphine die wohl schon tausendmal wiederholten Übungen ganz mechanisch ausführte, stand die andere neben ihr und zerbrach sich den Kopf darüber, welches Ende wohl die ganze Geschichte nehmen würde. Angst vor der Zukunft mischte sich mit der Freude, die sie zu Beginn ihrer Laufbahn empfunden hatte. Beides war schmerzlich genug. Sie durchlebte den Tag, an dem sie in die Ballettschule aufgenommen wurde.

Nachdem Frederic sie schon einmal ganz allgemein vorgestellt hatte, war sie damals mit ihrer Mutter erschienen, die nicht weniger unruhig war als sie selbst. Sie warteten dann inmitten einer Schar von Jungen und Mädchen und deren Müttern, die alle genauso aufgeregt waren wie sie.

Und dann war endlich sie an der Reihe. Mit ihrer Mutter betrat sie das Zimmer des Arztes, von dessen Entscheidung alles abhing. Der Arzt hatte sie von oben bis unten abgetastet, abgeklopft und auch abgehört. Insbesondere interessierte er sich für die Beweglichkeit ihrer Gelenke, dann folgte eine genaue Untersuchung der Wirbelsäule, dann waren ihre Lunge und ihr Herz an der Reihe. Und wieder warten und dann endlich die Entscheidung. Sie war aufgenommen! Vor der ersten Ballettstunde konnte sie nicht einmal die Bänder zu den Ballettschuhen richtig schnüren. Und was hatte es anfangs für Mühe gekostet, die Füße auswärts zu setzen, in die so wenig natürliche Stellung, der jedoch die Tänzerinnen des klassischen Balletts die Grazie verdanken. Nach und nach hatte sie dann Fortschritte gemacht. Mühelos machte sie jetzt Spagat, aber erst vor wenigen Wochen, vor der Erkrankung ihrer Mutter, hatte sie plötzlich Feuer gefangen und Ehrgeiz bekommen. Sie trainierte nicht mehr, um ihre Pflichtübungen zu erfüllen. Sie übte bis zur Erschöpfung, weil sie tanzen musste. Sie sehnte sich nach Rollen, sie träumte vom Erfolg.

Anschließend würde sie gleich wieder mit Barlof proben. Hoffentlich war dann die andere Delphine, die nur hinderlich um sie herumstand, verschwunden und der ganze Spuk mit der Geschichte vom Dach verflogen. Hoffentlich hatten sie die Aufregungen der letzten Stunden und der schlechte Schlaf nicht zu sehr ermüdet. Hoffentlich merkte Barlof es nicht. Sie erschauderte bei dem Gedanken, er könne sie nur als zweite Besetzung nehmen und heute Julie den Vorzug geben. Deshalb begann sie jetzt ihre Kräfte zu schonen.

Als das Training beendet war, zog sie, wie ihre Mitschülerinnen, eine Wolljacke an und streifte sich Gamaschen über die Beine, damit ihre Muskeln während der langen Wanderung durch die endlosen und ein wenig zugigen Gänge nicht kalt wurden.

Die Hauptdarsteller probten bereits, als die zweite Klasse auf der Bühne eintraf. Durch einige Requisiten war angedeutet, dass die Handlung in einem Park spielte. Victoria Lorenz stellte ein bildhübsches Kindermädchen dar, in die sich ein junger Mann, Ivan Barlof, verliebte. Er näherte sich ihr und umtanzte sie, und seine Bewegungen waren eine einzige Liebeserklärung. Dann vereinte er sich mit ihr zu einem Pas de deux, der so meisterhaft war, dass alle Zuschauer ihn fachmännisch bewunderten.

Nur einer war unzufrieden. Barlof selbst.

»Wir müssen diese Variation noch einmal wiederholen«, sagte er. »Du hast bei den Pirouetten gepatzt.«

»Mir wären Fouettés lieber«, sagte Victoria und versuchte ihren Partner mit einigen fehlerlosen Fouettés zu überzeugen. Die Mädchen der Zweiten besprachen leise, was wohl besser sei. Die Meinungen waren geteilt, einige gaben den Fouettés den Vorzug, die anderen den Pirouetten.

Doch Ivan entschied, und damit war die Diskussion beendet: »Nein, ich finde Pirouetten besser. Eine Drehung pro Sekunde und zum Schluss Spagat.«

Delphine wusste, dass ihr Auftritt gleich kam. Als Barlof sie rief, eilte sie auf die Bühne und machte vor ihm einen Knicks.

Barlof fragte freundlich: »Nun, bist du heute in Form?«

»Jawohl, Maître.«

»Du erinnerst dich an alles, was wir gestern besprochen und geprobt haben?«

»Jawohl, Maître.«

»Ich will dir zunächst die Handlung des zweiten Bildes erklären. Also, wir befinden uns in einem Park. Ich führe dich spazieren, als wärst du ein kleines Mädchen. Ich lehre dich Seilspringen, Ballspielen ...«

Er deutete die Bewegungen an, spielerisch und doch tanzend, man meinte, das Seil und den Ball zu sehen, obwohl er nichts in der Hand hatte.

Delphine machte es ihm nach. Oh, welch ein Glück durchströmte sie, als sie fühlte, dass der Körper ihr ganz und gar gehorchte. Die zweite Delphine war im Übungssaal zurückgeblieben. Sie war alt genug, um zu wissen, dass sie gut war. Sie hatte ihre Grazie und Leichtigkeit nicht verloren. Und es war beglückend zu fühlen, wie Barlof auf sie einging, so, als wäre sie schon eine erwachsene Tänzerin. Immer würde sie das Letzte aus sich herausholen, um den Meister zufriedenzustellen.

»Sehr schön!«, lobte Barlof. »Wirklich brav. Wir wiederholen, und zwar beginnen wir mit dem Auftritt des Kindermädchens.«

Alle nahmen ihre Plätze ein, die Probe begann.

Barlof spielte mit den Kindern Ball, wurde aber abgelenkt, als Victoria die Szene betrat. Er verfehlte den Ball, vergaß die Kinder, und schon bald bemühte er sich nur noch um das hübsche Kindermädchen.

Delphine versuchte nun, Barlofs Aufmerksamkeit auf sich zu lenken, sie umtanzte das Paar, störte es und zeigte ihrem Meister, welch gelehrige Schülerin sie war, leider vergeblich, im Augenblick interessierte Victoria Lorenz ihn mehr.

Gerade als Delphine sich tanzend um Ivan Barlof bemühte, tauchte Dumontier in den Kulissen auf. Er hatte zuerst vorgehabt, sofort auf Barlof zuzugehen, aber als er Delphine tanzen sah, hielt er, der Gehetzte, Überlastete und Überforderte, ein. Es war ein Augenblick, um dessentwillen Dumontier all diesen Ärger, diesen Krach und Wirbel auf sich lud. Er, der fast mit der Uhr in der Hand lebte, wurde von der holden Kunst berührt. Er begriff sofort, dies waren die Sekunden eines künftigen Sterns. Er hätte der Kleinen längst verziehen. Eine Kindertorheit, was tat's! Aber er war im Auftrag hier. Ihn schickte man herum, damit er andere in Bewegung setzte. Es war sein Beruf, sich unbeliebt zu machen. Als Delphine ihren Part zu Ende getanzt hatte, ging er auf die Bühne hinaus und übersah den ärgerlichen Blick Barlofs.

»Entschuldigen Sie, Maître, aber Delphine Nadal wird in der Direktion verlangt.«

Die Umstehenden horchten auf, so höflich war Dumontier selten.

Barlof schien ihn überhaupt nicht gehört zu haben und auch nicht zu sehen.

Dumontier stand etwas hilflos herum, er wusste genau, dass er einen Krach auslöste, aber er wiederholte seine Worte etwas lauter. Das brachte sein Beruf mit sich. Er wurde ins Feuer geschickt, er bekam den Ärger von beiden Seiten. Auf ihn lud sich alles ab.

»Wie Sie sehen, habe ich Probe«, sagte Barlof noch ruhig und nicht allzu laut.

»Ich störe nicht willkürlich, ich habe einen Auftrag. Ich bedaure das, aber es geht um unumgängliche Formalitäten.«

»Ich liebe es aber nicht, wenn man mich stört«, erwiderte Barlof gereizt. »Sie stehlen mir die ganze Stimmung, sehen Sie nicht, dass Sie alles kaputtmachen?«

Dumontier versuchte es noch immer mit der Ruhe, obwohl es ihn unsägliche Mühe kostete. »Maître, ich verstehe Sie doch, aber in der Oper hat, ob es uns passt oder nicht, die Verwaltung auch ein gewichtiges Wort mitzureden. Ich werde persönlich darauf achten, dass die Kleine so schnell wie möglich zur Probe zurückkehrt.«

»Haben Sie wirklich nicht gesehen, dass ich die Kleine – wie heißt sie doch gleich – die kleine Nadal gerade dringend brauche?«

»Selbstverständlich, aber in der Direktion wird sie auch dringend gebraucht.«

»Dann kann die Direktion sich das nächste Mal auf die Bühne stellen!«, brüllte nun Barlof. »Wollen sehen, wie das Publikum die Herren aufnimmt! Ich werde mich beim Direktor beschweren!«

»Aber der schickt mich doch gerade«, gab Dumontier in der gleichen Lautstärke zurück. Er wandte sich an die Schülerinnen, die langsam zurückwichen. »Nadal!«

Delphine zuckte zusammen. Die Kameradinnen wurden bleich und betrachteten besorgt den Inspizienten. Dumontier sah aus wie ein Bote des Unheils. Er war der Rächer, der nichts vergaß und die Harmonie der so gut verlaufenen Probe störte. In einigen regte sich der Gedanke, Delphine nicht allein gehen zu lassen. Sie hatten schon etwas davon gehört, dass Einigkeit stark machte. Aber dann unterdrückten sie diese Regung und hofften auf Barlof. Barlof war mächtig, er konnte sich vor Delphine stellen und sagen: Jetzt geht sie nicht. Sie geht erst, wenn ich es erlaube. Oder noch besser: Ich gehe mit ihr. Ich lasse mir meine kleine Tänzerin, meine Puppe, nicht von euch kaputtmachen!

Doch Barlof war so wütend über die Störung, und er wusste nichts von dem, was Delphine bedrohte, dass er barsch befahl: »Das Double auf den Platz!«

Julie trat vor. Ihre Wangen glühten.

Dumontier marschierte düsteren Blicks mit Delphine ab. Als sie sich noch einmal umwandte, ging Julie gerade in Position. Mehr sah sie nicht, denn Tränen verschleierten ihren Blick, und sie lief im dunklen Gang zwischen den Kulissen einem Arbeiter in die Arme.

»Hoppla«, sagte der lachend.

Delphines Freundinnen waren zutiefst ratlos. Einerseits wussten sie nicht, ob Delphine ihr Versprechen nun wirklich halten würde, andererseits war es jetzt aber ihre verdammte Pflicht und Schuldigkeit, die einspringende Julie mit möglichst vielen bösen Blicken unsicher zu machen.

Julie schien nichts zu bemerken. Sie stand neben Barlof mit einer Selbstverständlichkeit, die man nicht übersehen konnte. Als wäre dies der einzige Platz, der ihr zukam. Sie war ein anderer Typ als Delphine, sie war selbstsicherer und etwas voller, sie wirkte auf keinen Fall zerbrechlich.

»Hast du aufgepasst?«, fragte Barlof missmutig.

»Ja, Maître.«

»Also, dann wiederholen wir. Beginnen wir da, wo Galatea den Pas de deux unterbricht.«

Die Mädchen standen tuschelnd abseits und waren sich in der Beurteilung einig. Julie hätte eher die zweite Besetzung für das Kindermädchen sein können als die für die Galatea.

Und Barlof war heute auch nicht ihr Schwarm. Trotz all seiner gut ausgebildeten Muskeln hatte er vor dem rundlichen Dumontier gekniffen und sich nicht vor Delphine gestellt.

Wer wusste, was sie jetzt erdulden musste ...

Lise Dulong war mit dem Mittagessen in der Kantine der Oper mehr als zufrieden. Sie glaubte den Hintergrund für den Unfall aufgespürt zu haben und ein bisschen mehr zu wissen, als Dumontier, aber auch die Mädchen der zweiten Klasse ahnten.

Es war wie immer in ihrer noch nicht allzu langen Laufbahn. Ihr Ehrgeiz wurde dadurch angestachelt, dass man sie fühlen ließ, »nur« eine Frau zu sein. Man war nicht unhöflich zu ihr, im Gegenteil. Aber auch in der Höflichkeit zum Beispiel eines Monsieur Dumontier konnte eine gute Portion Nichtachtung liegen.

Als er ihr einen Hausplan der Oper übergab, der, zugegeben, wirklich ein wenig verwirrend war, glaubte er sagen zu müssen: »Hoffentlich verlaufen Sie sich nicht mitsamt dem Plan.«

Das hätte er zu einem männlichen Polizisten kaum gesagt.

Lise Dulong hatte über die Bemerkung gelächelt, denn sie musste diplomatisch vorgehen. Sie konnte nicht sagen, wenn ich mich ebenso verrenne wie Sie in Ihrer Untersuchung des Falles, dann wäre das allerdings schlimm. Gerade die Geringschätzung, die man ihr überall entgegenbrachte, erleichterte ihr die Arbeit.

So war es auch beim Direktor, der trotz seiner vielfältigen Beschäftigungen einige Minuten für sie erübrigen konnte. Er war nicht im mindesten überrascht, einer Frau gegenüberzustehen, zeigte sich wie immer sehr gewandt, erzählte von dem Besuch des Versicherungsbeamten und des Inspektors der Berufsgenossenschaft und beklagte den Mangel an Disziplin. Und dann stieg er mit Lise Dulong hinauf zur Rotunde, wo man die eingeschlagene Fensterscheibe besichtigen wollte.

»Ich verstehe ja nicht«, jammerte er, »warum die Mädchen hinaus und herein verschiedene Wege genommen haben sollen. Aber bei Kindern ist immer schwer festzustellen, was wirklich stimmt von dem, was sie sagen, und was davon jeder Grundlage entbehrt.«

»Und nicht immer ist es böse Absicht.«

»Das ist Psychologie, und die ist nicht mein Fach. Ich denke, das verunglückte Mädchen wird uns eine ganz andere Geschichte erzählen als die Kleine, na, wie heißt sie noch?«

»Nadal.«

»Richtig.«

»Bernadette Morel besuche ich nachher im Krankenhaus. Den Arzt habe ich schon gesprochen.«

»Jedenfalls steht für mich fest«, begann der Direktor ohne Übergang, »dass die Mädchen alt und einsichtig genug sind. Damit liegt die Schuld eindeutig bei ihnen. Einen derartigen Fall von Ungehorsam können wir nicht unbeachtet lassen. Auch der Herr Intendant besteht auf sofortiger und nachhaltiger Bestrafung. Wenn wir heute ein Auge zudrücken, können wir morgen unsere Autorität beerdigen. Wenn gestern zwei auf den Dächern waren, sind es morgen zwanzig. Wir sehen uns gezwungen, ein Exempel zu statuieren. Schließlich ist die Oper kein öffentlicher Spielplatz.«

»Gerade so etwas scheint den Mädchen aber zu fehlen«, meinte Lise Dulong. »Haben Sie noch nie eine Klasse durchs Haus gehen hören? Ich habe den Lärm, den sie dabei machten, zwar nicht gemessen, aber er scheint mir darauf hinzudeuten, dass besonders die Jüngeren einfach überfordert sind.«

Die Wangen des Direktors zeigten einen Anflug leichter Röte. »Mademoiselle«, sagte er förmlich, »eine Ballettschule ist strenger als der Militärdienst. Anders als beim Militär ist jedoch niemand verpflichtet, eine Ballettschule zu besuchen, noch wird er, wenn er fernbleibt, unter Strafe gestellt. Ich habe sehr viel Verständnis für die Mädchen, ich weiß, dass sie hart arbeiten, aber bis auf das Dach hinaus reicht mein Verständnis nicht.«

Delphine, Dumontier und eine Aufseherin erwarteten den Direktor und die Polizeibeamtin in der Rotunde.

Dumontier, der es nutzlos fand, der lächelnden Polizistin auch nur die kleinste Erklärung zu geben, trat dennoch vor, zeigte auf das bewusste Fenster und die noch vorhandenen Glasscherben. »Nach dem Unfall hat Delphine Nadal den Weg durch dieses Fenster hier genommen, um mich zu benachrichtigen. Auch ich bin durch dieses Fenster hinausgestiegen, als ich mich um die Verletzte kümmerte.«

»War da die Fensterscheibe schon eingeschlagen?«, wollte Lise Dulong wissen.

»Als ich aufs Dach hinauskletterte?«, fragte Dumontier zurück.

»Ja.«

»Da war sie schon eingeschlagen. Am Nachmittag aber war sie noch ganz, was Delphine sicher bestätigen wird.«

»Komm«, sagte die Beamtin zu Delphine. »Jetzt sag du mir einmal ganz ehrlich, warum habt ihr die Scheibe eingeschlagen?«

Delphine musterte ernst, aber ohne Angst das Gesicht der Beamtin. Es war kein ungutes Gesicht. Wutausbrüche waren nicht zu erwarten und auch nicht die gelassene Überheblichkeit, mit der der Direktor junge Menschen behandelte. Delphine spürte, dass die junge Frau von der Polizei um Vertrauen warb, sicherlich konnte man ihr dieses Vertrauen auch schenken, aber da waren noch Dumontier und der Direktor.

»Anders wären wir doch nicht ins Haus gekommen«, sagte Delphine schließlich.

»Und wie seid ihr hinausgekommen?«

»Durch die Tür.«

»Durch welche Tür? Ich muss das genau wissen.«

»Durch die verbotene Tür.«

»Und diese Tür war offen, oder ihr habt sie selbst geöffnet, was im Augenblick eigentlich gleichgültig ist?«

»Ja.«

»War sie offen, oder habt ihr sie selbst geöffnet?«, fuhr Dumontier dazwischen.

»Ich muss das jetzt nicht wissen«, beharrte die Polizistin auf ihrem Standpunkt.

»Wie viele von euch sind hinaus auf das Dach?«

»Wir waren ...« Delphine hätte sich fast verraten, denn beinahe hätte sie gesagt: Das muss ich erst überlegen. Aber dann sagte sie: »Zwei. Nur wir zwei. Bernadette und ich.«

Lise Dulong war die kurze Pause nicht entgangen.

»Und als ihr wieder ins Haus wolltet, war die Tür zu?«

»Ja.«

»Hast du eine Vermutung oder einen Verdacht, wer das getan haben könnte?«

»Nein.«

»Überlege, vielleicht fällt dir etwas ein.«

»Mir fällt nichts ein.«

»Weißt du, ob ein Schlüssel in der Tür steckte, als ihr aufs Dach gingt?«

»Ja, der Schlüssel steckte im Schloss.«

»Unerhört!«, rief Dumontier. »Dieses Märchen kannst du uns nicht erzählen!«

»Im Augenblick bin ich am Zuge«, sagte die Polizeibeamtin zu Dumontier und errötete leicht vor Ärger.

»Es muss also jemand sie zugesperrt haben.«

»Ja.«

»Herr Direktor, kann man feststellen, ob gestern Abend während der in Frage kommenden Zeit ein Feuerwehrmann oder sonst ein im Hause Tätiger ...«

»Ich halte das zwar für ausgeschlossen, aber ich werde noch einmal alle Feuerwehrmänner fragen lassen, die gestern Abend Dienst hatten.«

»Jetzt sag mir nur noch, warum ihr so unbedingt ins Haus musstet.«

»Wir mussten doch auf die Bühne. Zum Defilee.«

»Danke, das genügt einstweilen. Du kannst zur Probe zurück.«

Dumontier warf einen fassungslosen Blick zum Direktor. Wenn das ein Verhör gewesen sein sollte, dann war er ab sofort geeignet, Polizeipräsident von Paris zu werden. Und was hieß überhaupt zur Probe zurück? Wer hatte das anzuschaffen, die Polizei oder er?

»Zur Probe?«, fragte er deshalb, als verstände er nicht recht. »Ich höre immer nur Probe! Nachdem erwiesen ist, dass sie ...«

»Die Bestrafung hat der Intendant sich persönlich vorbehalten«, besänftigte der Direktor. »Sie können ihm nicht vorgreifen.«

Eine Aufseherin brachte Delphine zur Bühne zurück.

»Wenn das die neue Welle bei der Polizei ist«, wandte sich nun Dumontier an Lise Dulong, »dann bin ich sehr enttäuscht. Das Mädchen lügt doch! Sie lügt wie gedruckt! Das mit der Tür ist doch glatter Schwindel! Wenn sie durchs Fenster rein sind, sind sie auch durchs Fenster raus.«

»Dann sehe ich nur eines nicht ein«, entgegnete die Beamtin. »Warum sie das Fenster eintreten mussten. Sie schlagen ja auch kein Fenster ein, wenn Sie aufs Dach hinauswollen, sondern Sie öffnen das Fenster.«

»Das täte ich! Aber die Mädchen?«

»Die treten nach Ihrer Theorie die Scheibe so ein, dass alle Scherben nach innen fallen. Dieses Kunststück muss man sich erst einmal überlegen. Nein, meine Herren, das Mädchen lügt nicht, wenn es auch nicht die Wahrheit sagt.«

»Was heißt das? Wer nicht die Wahrheit sagt, der lügt doch, oder?« Dumontier war fassungslos.

»Man kann auch die ganze Wahrheit verschweigen, dann lügt man zwar nicht, nimmt es aber mit der Wahrheit nicht genau. Und dann begehen Sie noch einen Fehler. Sie vergessen immer wieder den verschwundenen Schlüssel. Den muss ich aber mit in die Überlegungen einbeziehen.«

»Der Schlüssel ist seit gestern sechzehn Uhr dreißig verschwunden. Das wissen Sie doch bereits. Und die Tür war abgeschlossen.«

»Sie hätten entweder die Tür bewachen oder sofort das Schloss ändern lassen müssen. Angenommen, die Mädchen hatten den Schlüssel, dann hätten sie ja durch die Tür jederzeit aufs Dach gelangen können, auch wenn sie verschlossen war. Irgendwo muss der Schlüssel ja sein.«

»Na, dann spüren Sie den Schlüssel auf!«, rief Dumontier ärgerlich. »Schließlich ist das Ihr Beruf!« Er rannte davon.

Als Delphine mit der Aufseherin wieder auf die Bühne kam, war Julie gerade bei der Arbeit. Der Ballettmeister sprach mit Julie genauso freundlich oder gleichgültig wie mit ihr auch.

Die Kameradinnen bemerkten sofort Delphines Kummer und versuchten sie zu trösten. Am besten ging das im Augenblick dadurch, dass sie Julie so viel wie möglich herabsetzten.

»Sieh nur, wie sie die Knie einwärtsdreht!«, sagte Kiki.

»Und ihrem festen Stand fehlt auch noch einiges«, meinte Suzon.

»Mit ihr wirkt es längst nicht so hübsch wie mit dir.«

»Barlof kann sie nicht riechen.«

»Hast du gesehen, jetzt hat er sie gerade gerüffelt!«

Die Mädchen schoben und zogen Delphine nach vorn, damit der Meister sie sehen konnte.

Eine Weile stand dann Delphine ziemlich niedergeschlagen da, aber plötzlich entdeckte Barlof sie und rief: »Da bist du ja endlich!« Und weil Dumontier auch gerade ziemlich atemlos ankam, rächte er sich gleich noch an ihm und rief: »Sie können die anderen nach

Hause schicken. Ich probe jetzt den Pas de trois mit Mademoiselle Lorenz und der Kleinen. Sie selbst brauche ich auch nicht mehr.«

Julie ging wütend inmitten ihrer Kameradinnen ab. Dumontier folgte ihnen zornesrot, und Delphine wiederholte ihr Solo.

Sie gab sich die größte Mühe und setzte alles ein, um sich des Vertrauens würdig zu erweisen, obwohl sie ziemlich hergenommen war. Aber ihre Sicherheit war dahin. Sie bemühte sich vergeblich zu lächeln und die aufsteigenden Tränen niederzukämpfen. Je länger die Probe dauerte, umso mehr fühlte sie ihre innere Widerstandskraft schmelzen, und plötzlich heulte sie los. Ganz und gar unvermittelt. Es war eine Art Zusammenbruch.

Es schluchzte aus ihr heraus. Sie hatte keinen Einfluss darauf.

Victoria Lorenz, ohnehin mit Julie sympathisierend, war sofort sehr ärgerlich.

»Stop, stop, stop!«, rief Barlof dem Pianisten zu, der unbeirrt weiterspielte, weil ihm der Vorfall entgangen war.

»Was hast du denn?«, fragte Barlof gütig und legte den Arm um ihre Schulter.

»Ach, Mädchenlaunen!«, rief Victoria. »Sie sollte für heute besser aufhören.« Um ihren barschen Ton etwas zu mildern, wandte sie sich an Delphine: »Heulsusen sind hässlich. Eine Tänzerin darf sich nicht anmerken lassen, wenn sie etwas bedrückt. Das musst du lernen, sonst packst du lieber gleich.«

»Hast du gut zugehört?«, fragte Barlof diesmal voll Geduld.

»Jawohl, Maître.«

»Also, wir haben heute viel Zeit verloren. Deinetwegen. Morgen muss alles klappen wie am Schnürchen. Verstanden?«

»Verstanden, Maître.« Delphine machte einen tiefen Knicks und lief in die Garderobe.

Die beiden Stars probten noch weiter. Immer und immer wieder den einen Pas de deux. Sie tanzten, bis sie fast umfielen.

Ebenso unermüdlich war nur noch der Mann am Flügel.

»Was macht ihr denn da?«, fragte Mercedes die Mädchen, die sich eng zusammengedrängt hatten und miteinander tuschelten.

»Oh, nichts«, antworteten sie durcheinander. »Wir haben nur gerade beschlossen, Bernadette einen Brief zu schreiben.«

Mercedes war gerührt. Die Kinder waren doch nicht so schlimm, wie die anderen immer sagten. »Ach, dann vergesst nicht, sie auch von mir zu grüßen«, sagte sie und legte weiter Kostüme zurecht.

»Wer schreibt den Brief?«, fragte Reinette. »Sicherlich hat Julie die beste Schrift von uns.«

»Und macht die wenigsten Fehler«, rief eine andere.

»Und ist ja auch sonst die Beste, die Klügste, die Edelste und vor allem die Allerschönste im ganzen Land«, stichelte Kiki.

»Kommt überhaupt nicht in Frage«, sagte Julie.

»Und warum nicht?« Kiki begann wieder zu beweisen, dass sie das loseste Mundwerk von allen hatte. »Warum denn nicht? Etwa weil es dir passt, dass Bernadette sich das Bein gebrochen hat und Delphine jetzt von einem Verhör zum anderen geschleppt wird? Dein Vater hatte wohl nicht genug Geld, um dir diese Rolle zu kaufen, wie? Und es ist ja immer noch nicht geklärt, wieso die beiden nicht mehr vom Dach hereinkonnten. Aber verlass dich drauf, die Polizistin wird das schon herausfinden. Und wenn sie nicht von selber draufkommt, dann werde ich ihr einen Tipp geben, einen heißen, verstehst du, und wenn ich selber aus der Ballettschule rausfliege, Hauptsache, du fliegst mitsamt deinem reichen Vater mit, verstanden?«

Es hätte nicht viel gefehlt, und die beiden Mädchen wären sich in die Haare geraten. Julie war nervös und Kiki so streitsüchtig wie noch nie.

»Sie hat ein Mundwerk wie ein Waschweib«, sagte Julie hochnäsig zu Michele.

»Ihr Reichen würdet heute noch dreckig herumlaufen, wenn es nicht welche gäbe, die euch euren Schmutz wegräumten! Du, du ...« Kiki suchte verzweifelt nach einem Schimpfwort, doch dann fiel ihr nichts anderes ein als eine Ballettfigur: »Du scheinheilige Dulcinea!«

»Pst!«, machte Mercedes, »wer streitet denn da?« Sie sagte das mit ihrer monotonen Stimme, halb abwesend, und wollte keine Antwort haben.

Schließlich beruhigten sich die Mädchen wieder.

»Gebt her das Papier«, sagte endlich Suzon, »schreibe halt ich den Brief.«

Und nach vielem Hin und Her stand dann auf dem leicht verdrückten Blatt:

»Liebe Bernadette, es tut uns allen furchtbar leid, dass du jetzt so still liegen musst. Aber wir haben auch gehört, dass die Sache nicht lebensgefährlich ist. Und es wird sicher nichts von dem Beinbruch zurückbleiben. Wir haben von Mademoiselle Aubert erfahren, dass du genagelt worden bist. Das heißt dein Bein. Ist das wirklich ein Silbernagel? Aber jetzt das Wichtigste: Wenn man dich fragt, dann warst du nur mit Delphine auf dem Dach. Okay? Delphine ist damit einverstanden. Sie hat uns nicht verpetzt. Ihr seid bei der verbotenen Tür raus und beim Fenster rein. Klar? Wir verlassen uns auf dich und umarmen dich alle sehr herzlich.«

Nach Suzon unterschrieb Michele als Erste und ließ dann den Brief reihum gehen. Die Mädchen begannen sich danach sofort schnell umzuziehen, damit sie nach Hause kamen.

Jetzt erst kam Delphine von der Probe zurück. Sie sah entsetzlich aus.

»Hast du geheult?«, fragte Kiki.

Sofort stand Delphine wieder das Wasser in den Augen.

»Alle sehen mich so komisch an«, jammerte sie. »Jetzt auch ihr.«

»Hast du gesungen?«, fragte Kiki.

»Barlof hat sie doch nicht verhört, du Kalb!«, rief Suzon. »Los, beeilt euch, dass Bernadette den Brief bekommt, ehe es zu spät ist! Eine muss am Krankenhaus vorbei und den Brief für sie abgeben.«

Dumontier sah kurz herein, und das genügte, um neue Ängste aufkommen zu lassen.

Delphine zog sich rasch um. Sie fühlte genau, wie sie bereits in der Klasse vereinsamt war. Wie Julie, nur aus anderen Gründen.

Julie saß ihr gegenüber auf einem Stuhl und starrte ins Leere. Plötzlich zuckte sie zusammen, sah kurz zu Delphine hinüber und zog sich dann weiter an.

Etwas später traf Delphine Mademoiselle Aubert auf dem Flur.

»Wie geht's deiner Mutter?«, fragte die Lehrerin.

»Danke, schon besser, Mademoiselle.«

»Sie soll doch einmal bei mir vorbeikommen.«

Delphine wurde tiefrot, dann kalkweiß. »Ich habe noch etwas in der Garderobe vergessen«, sagte sie schnell und lief zurück.

In der Garderobe war nur noch Mercedes. Sie trank Kaffee und aß ein Stück Kuchen. »Was ist denn?«, fragte sie.

Delphine schüttelte nur den Kopf, verließ die Garderobe wieder und ging mit schleppenden Schritten zum Hof hinunter.

Dort wartete Frederic in seinem Auto auf sie. Alle Mädchen der Zweiten waren bereits vorübergestürmt. Nur Delphine noch nicht, die doch sonst immer eine der Ersten war.

Jetzt kam Mademoiselle Aubert, die sofort auf ihn zuging.

»Sie warten wohl auf Delphine«, begann die Lehrerin das Gespräch.

»Ist etwas?«, fragte Frederic.

Mademoiselle Aubert berichtete Frederic schnell in groben Zügen das, was vorgefallen war.

Frederic wäre es lieber gewesen, Delphine wäre eher gekommen und er hätte die Wahrheit nicht von der Lehrerin erfahren.

»Erwarten Sie von mir, dass ich das alles ihrer Mutter erzähle?«

»Jemand muss es doch tun. Und es wäre sicher gut, wenn sie auf die möglichen Folgen vorbereitet ist. Sind Sie sicher, dass Delphine ihrer Mutter noch nichts erzählt hat?«

»Völlig. Sie weiß bestimmt nichts. Ich habe es ja auch erst von Ihnen erfahren. Delphine hat sich schön gehütet, mir etwas auf die Nase zu binden. Ist doch ärgerlich, für wie dumm man von einem kleinen Mädchen gehalten wird.«

»Die Kleine hat Angst«, erklärte die Lehrerin. »Sie müssen sie verstehen. Sie kennt die ehrgeizigen Pläne ihrer Mutter. Und Madame Nadal erwartet viel von ihrer Tochter. Vielleicht zu viel. Delphine hätte die Träume ihrer Mutter schon dann nur schwer erfüllen können, wenn sie besonders begabt und besonders fleißig gewesen wäre. Aber besonders fleißig ist sie bestimmt nicht, zumindest nicht im Unterricht. Es ist der Kleinen aus der Situation heraus, unter dem Druck der zu erwartenden Bestrafung, unmöglich, den Mund aufzutun, deshalb sollten Sie ...«

»Aufs Dach steigen konnte sie allein, jetzt braucht sie mich!«

»Sie hat das inzwischen bestimmt schon hundertmal bereut. Sie braucht Sie jetzt, Monsieur Aubry. Sie dürfen sie jetzt nicht alleinlassen. Ich muss Ihnen gestehen, ich ängstige mich ihretwegen.«

»Sie hätten sie manchmal hören sollen, ihr großes Mundwerk, und die Art, auch ihre Mutter unter Druck zu setzen! Manchmal habe ich das Gefühl, die fürchtet sich vor ihrer Tochter.«

»Das Verhältnis der beiden zueinander ist nicht ganz ungefährlich. Das ist oft so, wenn Mutter und Tochter allein zusammenleben. Einer tyrannisiert dann den anderen, und beide merken es erst, wenn es schon zu spät ist. Männer sind da oft nur Randfiguren. Aber Sie können jetzt aller beider Vertrauen gewinnen.«

»Welche Strafe befürchten Sie für Delphine? Hat man schon eine Vorstellung? Wird man ihr gar die Rolle nehmen?«, fragte Frederic nervös.

»Wenn es nur das wäre.«

Frederic wurde blass. »Ausgerechnet ich soll ihr das sagen?«

»Wenn Sie es nicht tun, trifft die Nachricht von der Direktion Madame Nadal ganz unvorbereitet. Wollen Sie das?«

»Ist denn schon etwas entschieden?«

»Das nicht. Nur, ich weiß, dass man sehr streng sein will.«

»Und wann wird die Entscheidung fallen?«

»Ganz bestimmt bald. Wenn nicht heute, dann morgen auf jeden Fall.«

Frederic atmete auf. Also heute noch nicht. Er war

wütend. Delphine hatte ihn da in eine eklige Situation gebracht. Wenn er ihre Mutter bereits geheiratet hätte und dadurch ihr Vater geworden wäre, dann wäre jetzt alles ganz anders. Er hätte mit Delphine sprechen können, mit ihrer Mutter und sogar mit dem Direktor. Er war nicht irgendwer, und er hätte vor einer allzu strengen Bestrafung der Kleinen warnen können. Aber so, Delphine war nicht seine Tochter, Therese nicht seine Frau ...

»Ich glaube, Sie überschätzen meine Stellung«, sagte er zu der jungen Lehrerin. »Ich bin ein Nachbar der Nadals, gewiss, aber für die Überbringung von Hiobsbotschaften völlig ungeeignet. Ich würde mich nicht beliebt machen, weder bei der Mutter noch bei der Tochter.«

Da Delphine eben in den Hof trat, verabschiedete sich Mademoiselle Aubert.

Delphine kam wie ein Hund, der Prügel fürchtet, auf Frederic zu.

»Etwas schneller, bitte!«, rief er. »Ich bin schon spät dran! Und ich muss heute Abend wieder hier sein!«

Er öffnete die hintere Tür, und sie huschte an ihm vorüber und drückte sich in eine Ecke der hinteren Sitzbank.

Als sie fuhren, begann Frederic einen ärgerlichen Monolog: »Wieso steckst du mir eigentlich keine Banane in den Mund? Damit füttert man doch Affen, oder? Und für einen solchen hältst du mich wohl, wie? Nichts sagen! Mama schonen! Mama schläft schon! Pst! Die besorgte Tochter spielen und eine derartige Riesendummheit machen! Du kannst von Glück reden, dass ich mich nicht nach dir umdrehen kann«, sagte er, »dass ich beide Hände zum Autofahren brauche, und dass ich nicht dein Vater bin. Ein Glück, dass ich dich vorher kennenlerne. Vielleicht war es doch gut, dass deine Mutter so lange zögerte. Was für Freuden hätte ich denn davon? Ein kleines Gör, das quertreibt und Blödsinn macht und lügt! Wenn man schon den Mut hat, auf die Dächer hinauszusteigen, dann muss man auch den Mut haben, es zuzugeben. – Ach, wozu rede ich überhaupt!«

Frederic schwieg verärgert. Es regnete jetzt wie aus Kannen. Die Scheibenwischer machten ein monotones Geräusch.

Delphine kauerte in ihrer Ecke und versuchte im Rückspiegel sein Gesicht zu sehen. Es schien, als hätte er sie vollkommen vergessen. Sie war ein Nichts für ihn.

Als sie endlich daheim angelangt waren und auf das Haus zugingen, wagte sie zu fragen:

»Sagen Sie es nun Mama?«

Er ließ eine lange Zeit vergehen, ehe er antwortete: »Ich? Ich werde mich hüten! Nichts werde ich sagen! Sie wird es früh genug erfahren.«

»Kommen Sie mit herein?«

»Danke, ich verzichte! Du kannst deiner Mutter ausrichten, dass die Orchesterproben sehr anstrengend waren und ich mich ein wenig hinlegen will, bevor ich zur Abendvorstellung fahre.«

Erst als er oben die Tür seiner Wohnung ins Schloss warf, wagte Delphine, die eigene Wohnungstür aufzusperren.

Dumontier hatte den Brief gerade zu Ende diktiert, als es klopfte. Auf sein »Herein« trat die Polizeibeamtin ein.

»Oh!«, rief Dumontier übertrieben freundlich. »Sie kommen jetzt sicher vom Krankenhaus. Wie geht es der Morel?«

»Ganz gut, soweit ich das feststellen konnte.«

»Haben Sie den Arzt gesprochen?«

»Nein.«

»Sonst etwas erfahren? Etwas Neues vielleicht?«

»Neues nicht, nein. Ich darf erst morgen länger mit ihr sprechen.«

»Dann erfahren Sie jetzt etwas Neues. Meine Sekretärin kann Ihnen den Brief vorlesen, den Madame Nadal morgen früh mit der Post bekommen wird. Interessiert er Sie?«

»Doch.«

Die Sekretärin begann zu lesen. Obwohl der Brief sie empörte, bemühte sie sich um einen möglichst unbeteiligten Tonfall.

»Sehr geehrte Frau Nadal,
infolge des schweren Unfalls, der sich gestern während des Ballettabends auf Grund des Mitverschuldens Ihrer Tochter ereignet hat, musste gegen sie eine Disziplinarstrafe verhängt werden.

Ich bedauere daher, Ihnen mitteilen zu müssen, dass Ihre Tochter mit dem heutigen Tag von der Oper verwiesen wird und demnach der Ballettschule nicht mehr angehört.

Mit dem Ausdruck vorzüglicher Hochachtung.«

Dumontier hatte der Sekretärin gelauscht, als trüge sie ein Gedicht vor. Der Brief schien ihm ein Meisterwerk zu sein. »Das hat sie dann morgen zum Frühstück. Mit Eilboten!«

»Wer? Delphine?«

»Delphine? Ihre Mutter selbstverständlich.«

»Und was haben Sie gegen die Mutter des Mädchens?«

»Nichts.«

»Mir schien es einen Augenblick so«, sagte Lise Dulong, »denn Sie zerstören ja nicht nur den Berufsweg des Mädchens wegen einer einzigen Dummheit, sondern Sie treffen vor allem die Mutter, die, wie ich hörte, alleinsteht.«

Dumontier lief wieder einmal rot an. Diesmal nicht vor Zorn, oder besser gesagt, nicht nur vor Zorn, er schämte sich auch. Er hatte ja nichts gegen das Mädchen und schon gar nichts gegen die Mutter. Ihm war ja nur aufgetragen worden, den Brief so und nicht anders zu diktieren. Und er hatte ja die Strafe nicht verhängt.

»Bin ich ein Unmensch?«, fragte er daher Lise Dulong. »Sehe ich etwa so aus? Glauben Sie, mir macht es Spaß, einen solchen Wisch abzuschicken? Die Direktion wollte lediglich rasch und drastisch handeln.«

»Was ihr zweifellos gelungen ist. Bleibt nur die Frage, ob sie auch klug und gerecht handelte.«

Dumontier schüttelte den Kopf. Er kniff sich in den Arm. Nein, er träumte nicht. Er hatte wirklich solche Worte aus dem Mund einer Polizeibeamtin gehört. Die Dame vor ihm kam von der Polizei und nicht von der Heilsarmee. Er spürte ein Kribbeln im Magen und einen Druck im Kopf. Hier widersprach jemand. Und bisher hatte er jeden Widerspruch niedergeschrien, weil er ihn nicht vertragen konnte. Aber er konnte, das wusste er, unmöglich eine Polizeibeamtin zusammenbrüllen.

»Das Mädchen«, fuhr Lise Dulong ruhig fort, »wurde weder ordentlich vernommen, noch durfte es sich verteidigen, noch wurde wirklich ernsthaft nachgeforscht, wo der Schlüssel abgeblieben ist und ob etwa noch andere Mädchen mit ihr auf dem Dach waren.«

»Das Mädchen wusste, dass es nicht auf das Dach durfte. Und wenn wir es streng bestrafen, dann hat es im Grunde eine sehr menschenfreundliche Wirkung. Wir ersparen damit anderen harte Strafen, die es mit der Disziplin auch nicht sehr genau halten.«

Lise Dulong sah ein, dass es nicht viel Sinn hatte, sich mit Dumontier weiter zu unterhalten. Sie hätte noch gern gesagt, dass es von der Leitung der Oper unklug sei, eine Disziplinarmaßnahme zu treffen, ohne eine ordentliche Untersuchung durchgeführt zu haben oder zumindest auf das polizeiliche Ergebnis zu warten. Sie hätte Dumontier warnen können, dass die Presse die Sache breittreten würde, bekäme sie erst Wind davon, und dafür konnte ja gesorgt werden.

»Senden Sie den Brief ab«, sagte sie, »wenn Sie glauben, dass Sie das verantworten können. Aber Ihre Sekretärin ist mein Zeuge, dass ich Sie davor gewarnt habe.«

»Sie können sich ja an höherer Stelle für Ihren Schützling einsetzen«, murrte Dumontier böse.

Lise Dulong öffnete die Tür, drehte sich in ihr noch einmal um und fragte: »Wäre das eigentlich nicht Ihre Aufgabe, Monsieur Dumontier?«

Nach dem Abendessen ging Therese auf ihre Tochter zu, legte beide Hände auf deren Schultern und sagte: »So, und jetzt sieh mich einmal an, Delphine. Weiche meinem Blick nicht aus. Komm, sprich dich aus. Ich höre dir zu.«

Delphine sackte im Sessel zusammen und starrte die Mutter ängstlich an. Wusste sie wirklich alles, und wieso hatte sie dann so ruhig und mit Appetit essen können?

»Wovon redest du?«, fragte sie.

»Du weißt es ganz genau. Ich rede von dem Unfall.«

»Woher weißt du, dass es einen Unfall gegeben hat?« Delphine hatte ganz die Zeitung vergessen, und inzwischen waren die Abendausgaben erschienen.

»Mütter wissen immer alles«, beantwortete Therese die Frage.

»Weißt du es von Frederic?«

»Von Frederic? Es steht doch in der Zeitung. Wer hat sich denn verletzt?«

»Bernadette!«

»Und du hast mir nichts davon erzählt!«

»Weil ich dich nicht beunruhigen wollte, Mama.«

»Und Frederic hat mir auch nichts erzählt.«

»Weil er mir geschworen hat, den Mund zu halten.«

»Es ist das erste Mal, dass du Geheimnisse vor mir hast. Vertraust du mir nicht mehr?«

»Doch!«

»Und wie ist es denn geschehen?«

»Bernadette ist auf die Dächer gegangen, um zu spielen.«

Und gerade, als Delphine sagen wollte, ›und ich war auch dabei‹, rief die Mutter: »Das ist doch blanker Wahnsinn! Wie kommt sie denn darauf? Wie kann sie ihren Eltern nur so etwas antun! Ich bitte dich, Kind, tu nie so etwas, versprich mir das!«

Delphine nickte mechanisch.

»Tu ja nichts, was dir schaden könnte. Vor allem jetzt nicht«, flehte die Mutter sie an. »Wer eine Rolle bekommen hat, hat immer Neider. Und die werden jede deiner Schwächen schonungslos aufdecken. Du weißt ja gar nicht, was es heißt, eine derartige Chance zu haben. Früher haben sie dir ab und zu das Spielhonorar entzogen, das hat mir manchmal wirklich gefehlt, weil ich doch damit rechnete. Aber jetzt würden sie dich viel ärger bestrafen, wenn du etwas anstellst.«

Warum konnte man die Zeit nicht um vierundzwanzig Stunden zurückdrehen? Warum war man immer erst nachher klüger und nicht schon vorher? Delphine spürte wieder jene glühende Last in der Brust. Das Gefühl, ihre Mutter früher oder später in tiefste Enttäuschung zu stürzen, zerriss ihr fast das Herz.

Um nicht weinen zu müssen, versuchte sie, ihre Mutter abzulenken. Sie holte aus der Schultasche den Umschlag von Mademoiselle Pigeon und gab ihr dazu die Schachtel Pralinen. »Das schickt sie dir. Und der Posten, soll ich ausrichten, ist dir sicher.«

»Ach, dann kommen wir endlich einmal aus unseren bedrückenden Verhältnissen heraus. Wenn von dir nun auch noch ein bisschen mehr Geld kommt. Ich sage ja, wir werden gar nicht wissen, wohin mit dem vielen Geld. Meinst du nicht auch?«

»Doch, Mama.« Wieder war sie nahe daran, loszuheulen. Es war so traurig, eine Mutter zu haben, die fröhlich und voller Hoffnung war und nichts wusste, ja, keine Ahnung von dem hatte, was da an Ungewittern heraufzog.

»Ich bin müde«, sagte Delphine daher schnell. »Kann ich mich ein bisschen hinlegen?«

»Aber selbstverständlich, Kind.«

Delphine lief in ihr Zimmer und warf sich aufs Bett. Hier war sie endlich allein und konnte weinen.

DAS VERHÖR

Als Delphine am nächsten Morgen gut ausgeruht erwachte, sah alles ganz anders aus. Sie konnte klarer denken, und die Welt war nicht mehr so feindlich wie gestern. Irgendwie würde sie die bösen Tage überstehen und vielleicht fiel die Strafe so aus, dass sie sie vor der Mutter vertuschen konnte. Sie wollte ja nicht unaufrichtig sein, sie wollte ihrer Mutter einfach Kummer ersparen, die Arme hatte sowieso schon genug mit ihr mitgemacht.

Delphine fühlte sich so wohl, dass sie »als ob« spielte. Das Spiel war deshalb so unterhaltend, weil man es mit sich allein spielen konnte. Man konnte viel »als ob« spielen. »Als ob« Frederic ihr Chauffeur, »als ob« ihre Mutter eine Millionärin, »als ob« die Eltern Julies arme Leute wären. Heute spielte sie, »als ob« sie gar nicht auf dem Dach gewesen wäre. Niemand konnte ihre Position und ihre Rolle gefährden. Alle ihre Ängste von gestern und vorgestern waren nur ein böser Alptraum gewesen und in Wirklichkeit unbegründet. Barlof war hingerissen von ihrem Talent und legte immer Bewunderung in seinen Tonfall, Victoria war wie eine ältere Freundin, und Dumontier sagte »Mademoiselle« zu ihr und verneigte sich immer ein wenig, wenn er mit ihr sprach.

Als ob, als ob, als ob ...

Vor sich hin summend, verließ sie das Bad, in das Mama schon längst hineinwollte.

»Beeil dich, Kind«, sagte sie noch, »du kommst sonst zu spät. Und dann gibt's wieder einen Spielgeldabzug.«

»Ich fliege!«, rief Delphine. »Und außerdem habe ich dir schon das Wasser in die Wanne gelassen.«

Nach dem gestrigen Regen war es ein herrlicher Morgen, die Straße, die Dächer, der ganze Himmel schienen wie blank gefegt. Das Grün der Bäume wirkte frischer, die Fensterscheiben blinkten. Der Staub war wieder einmal besiegt worden.

Da klingelte es an der Tür.

Ob das schon Frederic war?

Delphine ging im Bademantel zur Tür und riss sie auf.

Aber es war nicht Frederic, es war die Concierge. Sie hielt einen Brief in der Hand. »Für deine Mutter«, sagte sie.

»Mama ist gerade im Bad, ich gebe ihn ihr dann.«

»Aber bestimmt!«

»Selbstverständlich! Adieu.« Sie schloss die Tür und ging zum Frühstück zurück. Erst jetzt warf sie einen Blick auf den Brief. Und im gleichen Augenblick begann die Welt sich schneller zu drehen, immer schneller, in den Mauern des Hauses begann es zu ächzen und zu stöhnen, Mörtel fiel herunter, die Welt stürzte ein.

Der Brief kam von der Oper.

»Was war denn?«, rief die Mutter aus dem Badezimmer. »Wer hat geklingelt?«

»Nichts«, rief sie schnell zurück. »Ein Handwerker hat sich in der Tür geirrt.« Schnell steckte sie den Brief in die Schultasche, schlang das Frühstück hinunter und zog sich dabei an.

»Nun mach endlich zu!«, rief die Mutter aus dem Badezimmer. »Es ist höchste Zeit!«

»Ich laufe schon! Adieu!«, rief Delphine, schlüpfte in den Mantel und warf die Tür hinter sich ins Schloss.

Im Treppenhaus blieb sie stehen, holte den Brief aus der Tasche und betrachtete den unheilverkündenden Umschlag.

Von oben her kamen Schritte, und weil sie niemandem begegnen wollte, raste sie aus dem Haus. Sie war so aufgeregt, dass sie vergaß, sich umzudrehen, als sie den Quai erreichte.

Ihre Mutter wartete vergeblich auf ein Winken, öffnete das Fenster und rief: »Delphine! Delphine!«

Delphine drehte sich um und hob die Hand. Noch nie hatte sie vergessen, ihrer Mutter zu winken.

An der Bushaltestelle riss Delphine den Umschlag auf, entfaltete den Brief und las: »*Sehr geehrte Frau Nadal, infolge des schweren Unfalls*« – Tränen schossen ihr in die Augen, der Blick verschleierte sich, sie konnte kaum noch lesen, die Buchstaben tanzten, aber ein Satz sprang klar und deutlich hervor: »*... der Ballettschule nicht mehr angehört.*«

Sie hatte plötzlich die Empfindung einer großen Leere. Sie hatte kein Herz, keine Lunge mehr. Sie war innen völlig hohl. Ihre Augen konnten die Welt nur noch verschleiert wahrnehmen. Nebel legte sich über den Quai. Der Himmel wurde düster und kalt. Der Bus, der vor ihr hielt, war ein riesiges Ungetüm und wollte sie verschlingen. Und der Schaffner, der sie rief, war ein böser Geist. Oder war es gar nicht der Schaffner? Sie wich zurück und begann zu laufen.

Eine Weile später merkte sie, dass sie den Quai des Fleurs entlangging. Wie war sie hierhergekommen, wie nur? Und wie war das überhaupt möglich ohne Herz und ohne Lunge? Ganz gut eigentlich, so wie es ohne Oper, ohne Ballett und ohne Tanz gehen musste.

Sie würde nun irgendeine Pflichtschule besuchen müssen, wie Tausende anderer Mädchen in Paris. Und dann konnte sie vielleicht Stenotypistin werden, oder Verkäuferin in einem Warenhaus, oder Schneiderin in einem Modesalon. Es gab so viele Möglichkeiten, aber alles, was sie tun würde, würde sie als Strafe dafür auf sich nehmen, dass sie ihre einmalige Chance verspielte.

Sie dachte an Barlof. Ob er sie überhaupt vermisste, ob er noch wusste, wie sie aussah, wie ihr Haar war und ihre Augen? Er hatte sie doch an der Hand geführt, sie berührt. Würde es ihm gar nichts bedeuten, wenn er nun all das mit Julie machte?

Und die Kameradinnen, die auch auf dem Dach waren? Sie konnten doch einfach nicht mitansehen, wie sie aus der Oper flog. Es musste ihnen doch das Herz zerreißen und sie belasten, das ganze Leben lang. Es war von Anfang an ein Fehler gewesen, dass sie alle Schuld auf sich genommen hatte. Auf ein einzelnes Mädchen konnte die Oper verzichten, nicht aber auf eine ganze Klasse oder fast eine ganze Klasse.

Nein, sie musste mit den Freundinnen sprechen. Es war die einzige Möglichkeit der Hilfe. Vielleicht wussten die, wer die Tür zugeschlossen hatte. Sicher aber wussten sie, wer nicht mit auf dem Dach war, dann konnte man einen Schuldigen suchen. Warum hatte sie daran noch nicht gedacht? Hier lag doch die Lösung des ganzen Falles!

Sie war doch nicht hohl. Ihr Herz begann wieder zu schlagen, und ihre Lungen füllten sich mit Luft. Sie hastete zur nächsten Haltestelle und stieg in den Bus, der gerade hielt.

Am Palais Royal wartete Suzon. Sie hatte schon zwei Busse vorüberfahren lassen, weil sie Delphine in ihnen nicht entdecken konnte, nun aber stieg sie ein und setzte sich sofort neben sie.

»Mensch«, sagte sie, »ich hatte schon Angst. Du bist doch etwa nicht krank nach allem, was sie gestern mit dir getrieben haben?«

»Das war nicht das Schlimmste«, erwiderte Delphine. »Heute kam ein Brief, sie haben mich hinausgeschmissen.«

»Du spinnst! Das gibt's doch nicht!«

Delphine holte wortlos den Brief aus der Tasche und gab ihn Suzon, die hastig zu lesen begann.

»Mensch«, sagte sie dann empört, »das darf doch nicht wahr sein! So dürfen sie nicht mit dir umspringen! Was sagt denn deine Mutter dazu?«

»Die weiß es noch nicht. Sie war gerade im Bad, als der Brief ankam. Und ich bin dann gleich losgerannt.«

»Aber du musst es ihr sagen. Sie ist die Einzige, die etwas für dich unternehmen kann.«

»Dann hätte ich es ihr doch viel früher sagen müssen. Jetzt ist sie bestimmt wütend und bös auf mich. – Hast du daheim etwas gesagt?«

»Kein Sterbenswörtchen«, antwortete Suzon. »Aber jetzt muss etwas geschehen!«

Delphine atmete auf. »Du wirst die anderen überreden, dass sie sich melden?«

Suzon hatte an etwas anderes gedacht. Sie war bei aller Freundschaft zu Delphine noch immer für den für sie bequemsten Weg. »Du musst zu Barlof«, sagte sie, »das ist es. Wenn wir uns melden, damit ist dir überhaupt nicht geholfen. Wir sind nur schwache Verbündete, aber Barlof ist stark, der genießt Ansehen. Der bringt das sicher in Ordnung.«

»Das wage ich nicht. Was sollte ich ihm denn sagen?«

»Nun, die Wahrheit.«

»Die ganze?«, fragte Delphine.

Suzon errötete. »Ich meine das, was du gestern auch gesagt hast. Jetzt musst du schon dabei bleiben. Barlof mag dich, das sieht man. Julie mag er nicht halb so. Er hilft dir bestimmt. Besuch ihn zu Hause, er wohnt nicht weit von der Endhaltestelle, in einem Hotel.«

Sie erklärte Delphine schnell den Weg, dann musste sie aussteigen. Der Bus hielt hinter der Oper. Bedrückten Herzens sah Delphine den Hof, wo die Kameradinnen warteten, dass man sie zum Unterricht abholte.

Es schien ihr geradezu unnatürlich, dass sie im Bus sitzen blieb, als bedeutete die Oper ihr gar nichts.

Der Bus fuhr weiter, den Boulevard Haussmann entlang. An der Endhaltestelle musste Delphine wohl oder übel aussteigen. Sie ging zunächst sehr entschlossen auf das Hotel zu, das Suzon ihr genannt hatte, und betrat es schließlich sehr zaghaft. Als sie endlich den Mut aufbrachte, beim Empfang nach Barlof zu fragen, war ihr ganzer Schwung dahin, und sie atmete auf, als sie hörte, Barlof habe das Haus schon verlassen.

Delphine schlug den Weg Richtung Montmartre ein. Sie wusste, dass Ivan Barlof häufig das Studio Wacker aufsuchte, wo er mit einem berühmten Ballettlehrer trainierte.

Barlof war besessen vom Tanz, und er, der anderen unerhört viel abverlangte und sie manchmal scheinbar quälte, verlangte auch von sich selbst sehr viel. War er den anderen ein Meister, so blieb er für sich selbst doch immer ein Schüler.

Als Delphine im Studio anlangte, war Ivan auch hier schon fort. Zur Oper, wie es hieß.

Delphine machte sich erneut auf den Weg. Eine winzige Hoffnung schlich sich wieder in ihr Herz, denn in der Oper würde sie Barlof noch auf jeden Fall antreffen. Aber was geschah, wenn Dumontier sie dort entdeckte? Oder ihre Kameradinnen, die ohne Bestrafung weggekommen waren, oder die Mädchen aus den höheren Klassen, die sich über sie lustig machten und für ihren Streich nur ein Kopfschütteln übrighatten?

Delphine wusste, dass Barlof gern allein auf der Bühne arbeitete, ehe sich dort das ganze Ballettkorps versammelte. Dort musste sie ihn erreichen, um mit ihm zu sprechen. Dass er einiges von ihr hielt, wusste sie.

Lise Dulong und Mademoiselle Aubert verstanden sich vom ersten Augenblick an. Sie waren nicht nur etwa gleich alt, sie teilten auch die gleichen Ansichten über junge Menschen und über den Vorfall, der so viel Aufregung unter die Mädchen gebracht hatte. Außerdem hielten sie die Disziplinarstrafe, die man Delphine auferlegt hatte, für ungerecht und übertrieben.

Hier unterschied sich ihre Einstellung jedoch. Während Mademoiselle Aubert an die Strenge der Vorschriften im Haus gewöhnt war und kaum eine Möglichkeit sah, die zu strenge Strafe noch zu mildern, war für Lise Dulong der Fall noch lange nicht ausgestanden, zumal sie immer weniger glaubte, dass nur zwei Mädchen auf dem Dach waren. Aber sie suchte noch jemanden. Nämlich den, der die Tür zugesperrt hatte, als die zwei auf dem Dach waren. Die Umfrage bei den Feuerwehrmännern war ergebnislos verlaufen, also musste es jemand anders gewesen sein. Wer aber?

Lise Dulong klopfte an die Tür des Klassenzimmers und bat Mademoiselle für einen Augenblick auf den Gang heraus.

»Ich komme nicht weiter«, gestand sie der Lehrerin. »Ich renne herum, und niemand sagt mir die Wahrheit. Ich spüre genau, dass Delphine teilweise Ungereimtheiten daherplappert und sich selber schadet, dass die Mädchen da in der Klasse vor mir Angst haben, die sie nicht haben müssten, wenn sie nicht auf dem Dach gewesen wären. Und außerdem stoße ich immer wieder auf den verdammten Schlüssel, der verschwunden und nicht wieder aufgetaucht ist. Ich bin fast überzeugt, dass es noch ein schlimmeres Vergehen gibt als das, dass die Mädchen auf die Dächer gingen. Ich glaube mehr und mehr, dass jemand sie bewusst ausgesperrt und sie absichtlich in die Lage gebracht hat, in der Delphine sich jetzt befindet. Wissen Sie jemanden, der zu solch einer Tat fähig wäre?«

Mademoiselle Aubert überlegte: »Nun, sie alle sind keine Engel, aber dass eine die beiden absichtlich aussperrte, traue ich eigentlich keiner zu, wenn man auch in niemanden hineinsehen kann.«

»Aber dass mehr als die beiden auf den Dächern waren, halten Sie für möglich?«

»Das schon.«

»Müssen wir noch die finden, die die Tür abgeschlossen hat.«

Im Klassenzimmer hatte man sich auch flüsternd unterhalten.

Michele sagte: »Gut, dass wir Bernadette geschrieben haben. Die von der Polente schnüffelt noch immer herum.«

»Sie kann nichts machen«, beruhigte Suzon die anderen, »wenn wir bei dem bleiben, was wir gesagt haben.«

Vera meinte: »Die sucht doch bloß den Schlüssel.«

Und Kiki rief: »Und das Aas, das die Tür zugesperrt hat! Wenn eine das aus Versehen gemacht hat, dann soll sie sich jetzt schleunigst melden.«

Niemand meldete sich.

»Einmal wird sie sich schon verraten«, sagte Vera.

»Dann wird sie aber weichgeklopft«, drohte Kiki.

Julie saß mit versteinertem Gesicht auf ihrem Platz, alle starrten sie nach und nach an.

»Los!«, rief Kiki. »Red schon, warst du's?«

»Seid nicht so gemein zu ihr«, bat Marcelline. »Hätte sie mich nicht hinaufgeführt, hättet ihr alle das Defilee versäumt. Ihr solltet ihr dankbar sein.«

»Ich werfe mich in den Staub vor Dankbarkeit«, sagte Kiki. »Möchte wissen, ob sie das gern getan hat. Von Herzen gern bestimmt nicht.«

»Aber sie hat's getan, für euch alle«, sagte nun Michele, die immer mehr zu Julie hielt.

Auf dem Flur sagte Lise Dulong: »Ich suche den einen Dominostein, mit dem ich alle anderen umwerfen kann. Ich brauche diesen einzigen, richtigen Stein.«

»Und Bernadette?«, fragte die Lehrerin.

»Gestern konnte ich nur flüchtig mit ihr sprechen, heute, fürchte ich, hat man ihr längst Anweisungen gegeben. Auch hier in der Oper hat man Delphine und den Mädchen ermöglicht, sich in aller Ruhe untereinander absprechen zu können. Und Mädchen halten solche Absprachen eher durch als Jungens. Denen fällt Lügen schwerer.«

»Ich kann nichts als Augen und Ohren offenhalten«, versprach die Lehrerin. »Ich werde ihnen sagen, wie hart Delphine bestraft wurde, aber ich bin überzeugt, dass sie auch das schon wissen. Denn keine fragte, wo Delphine eigentlich geblieben sei.«

Die beiden verabschiedeten sich. Mademoiselle Aubert hielt ihre Ansprache, aber mehr als ein paar Tränen bei Kiki und heftiges Schnauben bei Reinette kam dabei nicht heraus. Keine wich ihrem Blick aus, alle sahen sie lammfromm an.

Hoffentlich, dachte die Lehrerin, hoffentlich irrt sich die Polizeibeamtin mit der zugesperrten Tür. Ich möchte diese Tatsache keiner auf den Kopf zusagen.

Delphine lief in Paris umher wie in einer fremden Stadt. Es galt die Zeit abzuwarten, da sie Barlof allein auf der Bühne zu finden hoffte.

Die Uhren schienen stillzustehen. Das war doppelt betrüblich, sie schoben die Zeit, wo sie sich in die Oper schleichen wollte, in weite Ferne, außerdem meldete sich der Hunger.

Sie versuchte zwar ihn niederzukämpfen, aber sie wurde immer wieder an ihren leeren Magen erinnert, wenn sich in Schaufenstern Delikatessen türmten oder wenn es aus einem kleinen Bistro oder einem eleganten Restaurant ganz verführerisch duftete. Sogar die Anschlagwände schienen sich heute zu bemühen, ihre Hungergefühle zu stärken, denn da leuchteten Salate, Gemüse, gebratene Poularden und Käse so verlockend von den Plakaten, dass einem schon das Wasser im Munde zusammenlaufen konnte.

Während Delphine so von den verschiedensten Gedanken gequält durch Paris hetzte, durch ein Paris, in dem sie sich heute nicht geborgen fühlte, sondern unnütz und ausgestoßen wie die Clochards unter den

Seine-Brücken, war Lise Dulong zum Krankenhaus unterwegs, in dem Bernadette lag.

Zum gleichen Zeitpunkt ärgerte sich Dumontier in der Oper, weil die Arbeiter wieder die Tür hatten offen stehen lassen, erzählte Mademoiselle Aubert den Mädchen von den Ägyptern, der Direktor telefonierte mit einer norwegischen Sängerin, die gerade von Wien nach Paris gekommen war. Madame Aubry, die Mutter Frederics, bereitete ein Mittagessen mit jungen Gemüsen, und Therese Nadal, die Mutter Delphines, saß daheim an der Schreibmaschine. Julies Vater, Herr Alberti, hatte einen Bankdirektor als Gegenüber und verhandelte über die Finanzierung eines Exportgeschäftes, und Ivan Barlof arbeitete mit dem Ballettkorps in der Rotunde.

Jeder hatte seinen festen und bestimmten Platz in dieser Stadt, nur Delphine nicht. Sie war ein kleiner Stern, aus seiner Bahn geraten, gefährdet, schutzlos. Sie bereute jetzt nicht nur, dass sie aufs Dach gestiegen war, sondern auch, dass sie zu verheimlichen versucht hatte, was offensichtlich nicht zu verheimlichen war. Hätte sie gleich mit Frederic gesprochen, mit ihrer Mutter und wenigstens der Polizeibeamtin die ganze Wahrheit gesagt, stünde sie jetzt nicht auf der Straße.

Sie war wieder vor das Schaufenster eines Delikatessengeschäftes geraten. Ganz Paris schien heute aus solchen Geschäften zu bestehen. Aber sie betrachtete weniger die getrüffelten Gänseleberpasteten, die ver-

schiedenen pikanten Salate, Waldorf-Salat, Geflügel-
salat, Russischer Salat, sondern sich selbst im spie-
gelnden Schaufenster. Es war ein groteskes Bild. In
ihr Gesicht hing ein Schinken hinein, über der Brust
lag ein Stapel Salami, und die linke Hand deckte sich
mit innen zartrosa Roastbeef ...

Aber diese kleinen Beobachtungen waren alle nicht
so wichtig, das Wichtigste von allem war ihr Gesicht,
und das starrte sie angstvoll an und fragte sie: Wie
kann ich die Sache noch retten? Was, wenn Barlof mir
nicht helfen kann oder will, weil er über meine Dummheit verärgert ist?

Ob sie ihre Klassenkameradinnen bat, doch mit der
ganzen Wahrheit herauszurücken, und ob das jetzt
noch irgendetwas ändern würde?

Lise Dulong trat an das Fußende des Krankenbetts und
sah über das gebrochene, hochgelagerte Bein hinweg
Bernadette Morel in die Augen.

Bernadette lief rot an.

»Dir scheint es ja besser zu gehen«, sagte Lise Dulong.

»Danke, ja.«

»War eine scheußliche Sache, auf dem Dach da
oben. – Hast du eigentlich nie Angst gehabt, ich meine, bevor du den Unfall hattest?«

»Nein.«

»Vielleicht ist es bei Nacht anders«, meinte die
Beamtin, »aber bei Tag, wenn man ganz genau sieht,
wie hoch das Operndach über die Dächer seiner Umge-

bung hinausragt, da wird einem ganz schön schwindlig.«

»Ich wurde auch bei Tag nicht schwindlig«, prahlte Bernadette.

»Du warst auch bei Tag auf dem Dach?«

»Nur ganz kurz.« Bernadette erschrak, zu spät bemerkte sie, dass sie sich verplappert hatte.

»Da warst du auch mit Delphine draußen, nicht wahr?«

»Nein«, sagte Bernadette mit gepresster Stimme und starrte vor sich hin. »Allein.«

»Und am Abend?«

»War ich dann mit Delphine auf dem Dach.«

»Und die Tür schloss hinter euch wohl das Rumpelstilzchen ab? Ihr seid doch durch die Tür aufs Dach?«

»Ja.«

»Und als ihr wieder ins Haus wolltet, war die Tür zu.«

»Sie wissen ja sowieso alles.«

»Hast du einen Verdacht, wer die Tür abgeschlossen haben könnte?«, fragte Lise Dulong weiter.

»Nein.«

»Die alten Lateiner hatten einen Spruch, an den halten wir von der Polizei uns manchmal, weil er uns oft weiterführt. Der Spruch heißt ›Qui bono‹! Das heißt dem Sinn nach ›Wem nützt es‹. – Wem konnte es nützen, dass ihr auf dem Dach ausgesperrt wart? Überleg einmal.«

Bernadette schien ernsthaft zu überlegen. Kurz zuckte es in ihren Augen auf, doch bevor sie etwas sagen konnte, betraten ihre Eltern das Zimmer und starrten die Polizeibeamtin befremdet an.

Herr Morel wartete gar nicht ab, dass Lise Dulong sich vorstellte, sondern sagte sofort:

»Wir hörten schon, dass die Polizei unsere arme Kleine verhört. Haben Sie etwas Schriftliches in der Hand? Können Sie sich ausweisen?«

Er überflog den Ausweis, den Lise Dulong ihm hinhielt.

»Na schön«, sagte er, »und jetzt erklären Sie mir, was meine Tochter verbrochen haben soll. Wenn ein kleines Mädchen mal der Hafer sticht und es auf das Dach der Oper steigt, oder besser gesagt, der Oper aufs Dach, da haben Sie stundenlang Zeit nachzuforschen, nicht? Aber die Räuber, die die Banken ausplündern und mit unserem Geld auf und davon gehen, die erwischt ihr nicht, wie?«

»Unerhört«, sagte Frau Morel, die nicht allzu viel Geist besaß, aber inzwischen gelernt hatte, dass dieses Wort manchmal gut zu verwenden war.

»Ich fürchte, Sie sind sich nicht im Klaren«, sagte Lise Dulong ruhig, »dass ich Ihre Tochter nicht als Beschuldigte vernehme. Ich will lediglich herausbekommen, wieso sie durchs Fenster zurückmusste, wer also die Tür, die offensichtlich vorher offen war, zugesperrt hat. Das kann doch auch für Sie nicht uninteressant sein, vielleicht wollen Sie Schadensersatzansprüche stellen.«

»Ich übergebe die Sache meinem Anwalt, und der soll sich mit der Geschichte herumschlagen. Schließlich kriegt er dafür eine schöne Stange Geld. Der macht dann auch schon, was er für richtig hält.«

»Aber auch Ihr Anwalt muss die Wahrheit wissen, wenn er Ihnen helfen soll. Wie viel wart ihr denn auf dem Dach?«, fragte Lise Dulong blitzschnell Bernadette. – Wieder dieses Überlegen, als zähle sie im Geist die Schar der Mädchen ab. Doch bevor noch Bernadette antwortete, sagte Lise Dulong: »Danke, das genügt mir schon.«

»Das ist doch die Höhe!«, sagte Herr Morel zu seiner Frau. »Hast du das beobachtet? Das Kind durfte nicht einmal sprechen! Bevor sie einen einzigen Ton herausbrachte, wurde ihr schon das Wort abgeschnitten! Und dafür zahlen wir die wahnsinnig hohen Steuern! Ich verlange, dass Sie sich anhören, was meine Tochter zu sagen hat. Los, sag es! Wie viel wart ihr auf dem Dach?«

»Zwei«, sagte Bernadette.

»Da haben Sie's gehört, zwei«, sagte Morel. »Notieren Sie das, ich verlange das. Zwei hat sie gesagt, und Sie haben davon auszugehen, dass meine Tochter nicht lügt, denn sie hat nichts verbrochen.«

»Fragt sich nur, wer dann die Tür abgeschlossen hat, wenn es nur zwei waren.«

»Wer das getan hat, das haben Sie herauszubekommen. Dafür werden Sie ja bezahlt, gut bezahlt, wie ich weiß. Aus Steuergeldern! Meine Tochter hat nicht die Tür zugesperrt, denn sie war ja draußen. Also, was wollen Sie noch? Der Schlüssel steckte von innen, nicht wahr, Bernadette?«

»Ja, Papa.«

»Dann finden Sie den, der zugesperrt hat und die Mädchen da auf dem Dach frieren ließ! Sehen Sie ihr Bein an, wie das gebrochen ist! Diese armen Zehen, wie die da verloren aus dem Verband rausgucken!«

»Seien Sie überzeugt, Herr Morel, dass mein Mitgefühl Ihrer Tochter gehört.«

Das überraschte Herrn Morel angenehm. »Das verdient sie zwar, aber ich finde es schön, dass Sie als Polizeibeamtin das sagen, denn dazu sind Sie schließlich nicht verpflichtet.« Er wurde jetzt etwas umgänglicher, auch seine Frau lächelte gönnerhaft.

»Ich fahnde lediglich nach der Person, die zugesperrt hat«, erklärte Lise Dulong. »Wenn ich nachweisen kann, dass das nicht aus Versehen geschah, sondern aus böser Absicht, dann bekommt Ihre Tochter sicherlich keine Disziplinarstrafe.«

»Disziplinarstrafe auch noch?«, Herr Morel war empört. »Na, hören Sie! Ein Beinbruch, ist das nicht schon Strafe genug?«

»Delphine Nadal ist aus der Ballettschule rausgeflogen. Für immer.«

»Also, wenn das so ist, dann gehst du von selber«, sagte Herr Morel zu seiner Tochter. »Du hast das nicht nötig. Du musst nicht unbedingt tanzen. Hätten die Leute besser auf den Schlüssel aufgepasst, dann hätten die Mädchen ihn nicht gefunden, und die ganze Sache wäre nicht passiert. Ich gehe zu Gericht und zur Zeitung, ich werde die Schlamperei in der Oper aufdecken und die wahren Schuldigen zur Anzeige bringen lassen! Darauf können Sie Gift nehmen! Das finde ich ja – ich weiß nicht, wie ich mich ausdrücken soll, aber ich finde es wirklich unerhört, dass man die Mädchen für die Schuld anderer bestraft! Und dass die gefunden wird, die zugesperrt hat, darauf bestehe ich, jawohl!«

»Ich bin ganz Ihrer Meinung, Herr Morel, ich empfinde die Strafe für Delphine auch als äußerst ungerecht, zumal sie nach einer nur mangelhaft geführten Untersuchung vorschnell ausgesprochen wurde.«

»Hast du das gehört?«, wandte Herr Morel sich an seine Frau. »Mangelhaft und vorschnell! Und wir, wir Steuerzahler, stecken Millionen in dieses Haus, einzig und allein dafür, scheint es, dass man unschuldige Mädchen hart bestraft! Nach einer mangelhaften Untersuchung und vorschnell! Solche Zustände herrschen an unserer Oper! Das muss in die Zeitung, schließlich leben wir nicht im Mittelalter. Nein, ich sehe schon, meine Liebe, die Dame von der Polizei hier, sie mag eine Ausnahme sein, aber sie ist schon richtig. Nichts für ungut, dass wir vorhin ein bisschen befremdet waren oder kühl ...«

»Konsterniert«, sagte Frau Morel.

»Ja, das ist das Wort. Genau das waren wir.«

»Was habt ihr auf dem Dach gemacht?«, fragte Lise Dulong wie nebenbei. »Ich nehme an, gespielt.«

»Ja.«

»Die Kleinen haben ja so einen schweren Tag, da ist es kein Wunder, wenn sie spielen wollen«, sagte sie diplomatisch zu den Eltern. Dann wandte sie sich wieder an Bernadette.

»Was habt ihr denn gespielt?«

»Das Mörderspiel.«

»Wie geht das?«

»Das wissen Sie nicht?«, fragte Frau Morel. »Wir spielen das immer auf unserem Landsitz, aber es ist nur lustig, wenn es viele sind. Der Schurke wird durch ein Los bestimmt, wählt sein Opfer und versteckt es, und die anderen müssen es suchen.«

»Aha«, sagte Lise Dulong, »wer war das Opfer?«

»Delphine.«

»Und der Schurke?«

»Das weiß ich nicht mehr«, sagte Bernadette.

Lise Dulong atmete auf. Das war ein Beweis! Es waren also mehrere auf dem Dach. Gott sei Dank, jetzt hatte sie endlich das Eingeständnis! Wenn Bernadette nicht mehr wusste, wer der Schurke war, konnten sie nicht nur zu dritt oder viert dort oben gewesen sein, es mussten noch andere mehr dabei gewesen sein. »Das ist ja auch nicht so wichtig«, sagte sie, »ich glaube, ich weiß genug.«

Bernadette merkte zu spät, dass sie sich verraten hatte, und bekam einen roten Kopf.

»Ein unschuldiges Kinderspiel«, sagte Herr Morel. »Sie sehen es selbst. Da ist nichts zu machen. Kinder wollen eben spielen. Es war natürlich ein Riesenschock für uns, als wir die Nachricht erhielten, aber Sie sehen selbst, sie liegt hier allein in einem Zimmer, wir haben keine Kosten gescheut. Der Professor, den wir hinzugezogen haben, meint auch, dass das wieder völlig in Ordnung kommt. Tja, jetzt heißt es nur noch herauszubekommen, wer sie ausgesperrt hat, alles andere ist doch sonnenklar.«

Lise Dulong lächelte.

»Das ist es«, sagte sie und verabschiedete sich, drückte Bernadette noch die Hand und wünschte ihr gute Besserung.

In der Tür drehte sie sich noch einmal um und fragte das Mädchen: »Wer ist deiner Meinung nach die beste Tänzerin in eurer Klasse?«

»Die Klassenerste ist Julie Alberti.«

»Und wen hältst du für die beste?«

»Delphine.«

»Deshalb hat sie doch sicherlich auch die Rolle bekommen, nicht wahr?«

»Ja.«

Lise Dulong lächelte noch einmal, dann schloss sich die Tür hinter ihr.

Als sie allein auf dem langen Gang war, atmete sie auf, dann schritt sie munter zur Treppe.

Es war noch eine gute Stunde bis zur Probe, trotzdem trieb Delphine sich schon um das Haus herum, ängstlich bedacht, von niemandem, den sie kannte, entdeckt zu werden.

Gewiss gab es heute in Paris nicht einen einzigen Menschen, der nur annähernd so unglücklich war wie sie. Und vielleicht hatte auch keiner so argen Hunger.

Zur Mittagszeit, als ihre Kameradinnen wie jeden Tag in der Kantine waren, plagte er sie am meisten.

Jetzt wurde dieses Gefühl von einem anderen verdrängt.

Sie hatte Heimweh nach der Oper. Nach ihrer Oper, ihrem Ballett und ihrem Ivan Barlof.

Ihr Leben war bis vorgestern in so gesicherten Bahnen gelaufen, ihre Zukunft schien so vorgezeichnet, dass sie sich nie Gedanken gemacht hatte, was sie eigentlich noch werden könnte. Sicherlich konnte sie außer Tänzerin gar nichts werden, sonst wäre ihr doch jetzt etwas eingefallen.

Zugegeben, sie verstand noch nicht viel von Musik, aber vieles war ihr schon vertraut. Nach nur ein paar Takten aus dem Radio wusste sie schon, ob es *La Bohème*, *Tosca*, *Carmen* oder die *Hochzeit des Figaro* war. Sie kannte zum Großteil die Namen der Sänger und hatte viele schon aus nächster Nähe gesehen.

Die Oper war das Stück von Paris, in dem sie, wie sie selbst einmal gesagt hatte, am »zuhausesten« war. Es war eine sehr harte Strafe, dass man sie einfach hinausschmiss. Kein Training mehr, keine Probe mehr, kein Auftritt. Keine Mademoiselle Aubert mehr, bei der sie sich wahrlich ein bisschen mehr hätte anstrengen können, selbst kein Dumontier mehr, der oft so grässlich schimpfte und allein schon deshalb von niemandem ganz ernst genommen wurde, obwohl alle sein bloßes Auftauchen fürchteten. Nahmen ihn alle doch ernster, als sie zugeben wollten, oder war er einfach leichter zu ertragen, wenn selbst Erwachsene hinter seinem Rücken Grimassen schnitten?

Sicherlich hing eine Durchschrift des Briefes, den

sie mit sich herumschleppte, am schwarzen Brett, und alle konnten dort lesen, dass man sie gefeuert hatte. Alle Orchestermitglieder, jeder Sänger des Chors, die Bühnenarbeiter und Beleuchter bis hinunter zu den Reinemachefrauen.

»Delphine!«

Delphine fuhr herum. Da kam Vera auf sie zugelaufen und umarmte sie.

»Du Armes!«, sagte sie. »Ich kann dir gar nicht sagen, wie leid du mir tust und wie dankbar wir dir sind, dass du uns allen geholfen hast. Du hättest sehen sollen, wie sie weinten, als Mademoiselle Aubert heute Morgen bekanntgab, dass man dich ...«, sie hatte gefeuert sagen wollen, suchte aber nach einem anderen Wort, das ihr jedoch nicht einfiel, »nun, du weißt schon.«

»Was nützt mir das?«, fragte Delphine bedrückt.

»Ja, ich weiß, es ist furchtbar, aber es ist beschlossene Sache, wir alle bleiben deine Freundinnen, wir werden dich nie vergessen, und wir werden immer die Verbindung zu dir aufrechterhalten.«

»Was hätte ich denn davon?«, fragte Delphine. »Ich würde doch nur an die schöne Zeit erinnert werden und denken müssen, sie waren genauso auf dem Dach, aber mich hat man rausgeschmissen!«

»Denk nicht dran«, riet Vera, »es wird nicht besser davon. Wir sind dir wirklich dankbar.«

»Wenn ihr zugeben würdet, dass ihr auch auf dem Dach wart, ich meine, dann könnten sie ...«

Vera tat, als hätte sie nicht richtig verstanden. »Sprich doch einmal mit Barlof«, sagte sie. »Vielleicht kann er helfen. Er hat dich ja von uns allen am liebsten, sonst hätte er doch nicht dich ausgesucht.«

»Ja, das will ich. Meine einzige Chance ist, mit ihm vor der Probe zu sprechen. Hilfst du mir, hineinzukommen, dass mich niemand sieht?«

»Kleinigkeit!«, rief Vera, froh, sich nicht mehr über sich selbst Sorgen machen zu müssen.

Sie liefen durch den Hof zum Eingang, dort ging Vera zunächst voraus und rief dann Delphine.

»Aber wenn ihr euch doch meldet«, begann Delphine von neuem, als sie in einer Nische abwarteten, bis die Luft rein war, »ich meine, uns alle zusammen können sie nicht rausschmeißen.«

»Barlof macht das schon, pass auf«, beruhigte Vera die Freundin. »Es war ein Fehler, dass du nicht gleich zu ihm gegangen bist. Aber natürlich denkt man in solch einem Fall an das Vernünftigste immer zuletzt.«

Jetzt war die Luft rein, und die Mädchen rannten die Treppe hinauf bis zu dem Stockwerk des Bühneneingangs.

Niemand war hier, der sie sehen konnte. Vorsichtig öffnete Vera die Tür, die zur Bühne führte, sah Barlof und schubste Delphine vor. »Da ist er! Marsch, geh zu ihm!«

Barlof hatte ein paar Sprünge von rechts hinten nach links vorn angedeutet und überlegte, was nun folgen solle. Er wollte sich gerade eine Notiz machen, als er Delphine bemerkte.

Schüchtern ging sie auf ihn zu.

Barlof fuhr sie an: »Was ist denn los? Du kommst in

Straßenkleidern, in fünfzehn Minuten beginnt die Probe!«

Delphine holte tief Luft und gestand: »Ich darf nicht proben.«

»Was heißt denn das schon wieder?«, wurde Barlof ärgerlich.

»Man hat mich hinausgeworfen.«

»Dich?«

»Ja.«

»Mit welcher Begründung?« Sofort dachte er an den Auftritt von vorgestern, den er wegen seiner Wahl mit der Ballettlehrerin gehabt hatte. »Unsinn«, sagte er, bevor Delphine antworten konnte. »Was kannst du schon verbrochen haben.«

Als Delphine stumm blieb, begann er doch langsam die Möglichkeit in Betracht zu ziehen, dass stimmen könnte, was Delphine gesagt hatte.

»Also los!«, sagte er und legte die Hand auf ihre Schulter. »Sag schon! Ich werde dir auf jeden Fall helfen.«

»An dem Tag, an dem der Unfall passierte, da war ich auch mit oben.«

»Auf dem Dach?«

»Ja.«

Barlof fing zu toben an. »Ist dir nicht klar geworden, was das bedeutete, als ich dich aussuchte? Hast du nicht begriffen, was damit geschah? Konntest du wirklich noch an andere Dinge denken als daran, dass du eine Rolle hast? Du weißt ganz genau, dass ich dich gegen den Widerstand der Ballettlehrerin bestimmt habe, und du, du fällst mir in den Rücken und machst mir die Arbeit noch schwerer!«

Er ging in einem engen Kreis um sie herum und kümmerte sich nicht, ob sie weinte oder nicht. Es war ihm im Augenblick egal. »Weißt du, wie man das nennt, was du getan hast? Soll ich dir das sagen, denn anscheinend ist es dir noch nicht zum Bewusstsein gekommen. Du hast mich verraten und dich auch! Und was das Schlimmste ist, die Kunst, der wir dienen. – Auf das Dach! Wie konnte dir das nur einfallen?«

»Ich habe Sie ganz bestimmt nicht verraten wollen«, entgegnete Delphine. »Es war unüberlegt von uns, aber irgendjemand hat uns auf dem Dach ausgesperrt, und dadurch kam es überhaupt erst zu dem Unfall, Maître. Und Sie wollte ich bestimmt nicht verraten, dazu, dazu«, sie holte Luft, »dazu verehre ich Sie viel zu sehr.«

Augenblicklich war er milder gestimmt. »Eine merkwürdige Verehrung, die sich dadurch ausdrückt, dass du auf das Dach der Oper kletterst.« Er war jetzt viel sanfter, fast väterlich oder wie ein großer Bruder.

»Jetzt heul nicht«, bat er sie beinahe. »Was sollen denn die anderen denken! Komm, wir müssen überlegen, was wir tun. Wer heult, kann nicht denken.«

Wieder stieg urplötzlich Ärger in ihm hoch. Man schmiss seine Galatea hinaus, ohne ihn zu verständigen. Man fand es überhaupt nicht nötig, ihn vorher wenigstens zu fragen.

»Ich werde mit dem Intendanten reden«, sagte Barlof, »denn so geht das nicht. Man schmeißt mir hinter meinem Rücken die Hauptdarstellerin hinaus, und ich erfahre dann so nebenbei auf der Probe, dass ich die nehmen muss, die man mir bietet. Geh jetzt nach Hause, ich verspreche dir, dass die ›Galatea‹ nicht ohne dich herauskommt. Ich habe mir etwas dabei gedacht, als ich dich aussuchte.«

Der Probenplan, der heute aushing, versetzte der zweiten Klasse einen Schock. Da stand:

17 Uhr Bühne: Probe Galatea.
Alles auf die Bühne.
Julie Alberti übernimmt die Rolle
anstelle von Delphine Nadal.

Dumontier, der die Wirkung der Mitteilung auf die Mädchen beobachtet hatte, sagte in einem Tonfall, den er für milde und gewinnend hielt: »Hoffentlich ist das euch allen eine Warnung. Ihr seht jetzt, wohin es führt, wenn die Anweisungen, die man euch gegeben hat, verletzt werden. Die eine endet im Krankenhaus und die andere, nun ja, die ist nicht mehr da.«

»Wenn auch andere auf den Dächern gewesen wären, was würde man mit denen machen?«, fragte Kiki.

»Ihr wisst es ja. Denkt nur an Delphine!«

Kiki, die eventuell bereit gewesen wäre, sich zu melden, schwieg und tat, als hätte sie Dumontier nur ärgern wollen.

Dumontier gab sich leutselig: »Sonst noch Fragen?«, sagte er. »Keine? Dann ab zur Probe!«

Die Ballettlehrerin ging neben Julie. »Denk an alles, was ich dir gesagt habe. Und reg dich nicht auf. Du weißt, dass du dir diese Rolle verdient hast und dass du nichts dafürkannst, wenn Delphine sich nicht als würdig erwiesen hat. Lass dich auch nicht durch den Neid ihrer Freundinnen irritieren. Sie werden wie selbstverständlich zu dir überschwenken, wenn du ihnen Zeit lässt.«

Delphines Freundinnen blieben etwas zurück. Kiki war am aufgebrachtesten. »Seht sie euch an, diese Angeberin!«, rief sie. »Tut so, als hätten sie zu Hause die Matratzen mit Banknoten ausgestopft! Jetzt hat sie endlich die Rolle, die sie haben wollte. Und ich fress einen Besen mit Stiel und Putzfrau, wenn sie es nicht war, die die Tür zugesperrt hat! Passt auf, die bring ich ganz gehörig durcheinander, bevor sie mit Barlof probt!«

»Wie willst du das denn machen?«, fragten die anderen, aber Kiki verriet es nicht.

Dumontier unterhielt sich indessen mit der Lehrerin.

»Hätte nicht gedacht, dass Barlof so schnell scheitern würde«, begann er.

»Das wird er noch öfter, wenn er gegen den Rat erprobter Erzieher angeht. Er hätte sich den ganzen Ärger erspart, hätte er auf mich gehört.«

»Und Delphine wäre mit der Morel nicht aus Übermut aufs Dach.«

Im Treppenhaus begannen die Mädchen Julie zu hänseln.

»Seht nur, wie sie jetzt zufrieden dreinschaut! Ist doch klar, sie kann ja auch zufrieden sein.«

»Wenn man alle, die es besser können, aus der Oper schmeißt, ist sie tatsächlich bald die Allerbeste.«

»Ach, wird das einen schicken Empfang geben nach der Premiere«, sagte Reinette. »Papa wird Geldscheine aus der Matratze holen und alle, alle werden kommen. Zu Kaviar und Champagner.«

»Und was die Damen alles tragen werden, ach! Und die schicken Autos vor dem Haus!«

Oh, Julie bekam jetzt heimgezahlt, dass sie zu oft den Mund zu voll genommen hatte.

»Lasst mich endlich in Ruhe!«, schrie sie gereizt. »Was kann ich denn dafür, wenn Delphine sich so aufführt, dass sie fliegt?«

»Und Julie hat doch uns allen geholfen, rechtzeitig zum Defilee zu kommen«, sagte wieder Marcelline. »Vergesst das nicht.«

»Nun, gleich wird sich ja zeigen, ob Barlof sie auch so gut findet wie sie sich selbst«, sagte Kiki. »So schöne Beine wie Delphine hat sie bestimmt nicht.«

»Vielleicht kauft Papa ihr demnächst schönere?«, höhnte Vera.

Auf der Bühne, kurz bevor sie ihre Plätze einnehmen mussten, sagte Kiki laut: »Die von der Polente weiß bereits alles. Die wartet nur, bis die Missetäterin von selber kommt. Das mit dem Rausschmiss Delphines ist nur Theater, damit die andere sich sicher fühlt.« Sie wandte sich an Suzon und flüsterte: »Pass auf, die wird heute tanzen wie eine Pekingente mit Prothese!« Da erschienen Ivan Barlof und Victoria Lorenz, und sie verstummten wie auf Kommando.

Die Probe begann ohne Delphine.

Als Delphine endlich heimkam, öffnete die Mutter ihr mit verweinten Augen die Tür.

»Mama«, sie war zutiefst erschrocken, »was ist?«

»Nichts«, sagte Therese und ging ins Wohnzimmer voraus.

»Aber ich muss wissen, was ist«, sagte sie, alles befürchtend.

»Das weißt du wohl am besten.«

Jetzt stockte Delphines Herzschlag. Hatte Mama es erfahren?

»Hast du mit Frederic gesprochen?«, fragte sie, bereit, tiefste Reue zu zeigen.

»Gesprochen? Mit Frederic?«, fragte Mama. »Er lässt sich doch nicht mehr blicken. Er weicht mir aus. Gestern Nachmittag musste er sich hinlegen, heute früh brachte er den Wagen in die Werkstatt, heute Nachmittag war der Wagen angeblich nicht fertig. Und heute Abend wird er sicherlich verreist sein.«

»Vielleicht hat er wirklich den Wagen ...«

»Das hat er früher auch, und trotzdem hat er für mich Zeit gehabt. Dann hat er eben ein Taxi genommen. So wenig verdient er ja nicht. – Aber du musst ihm irgendetwas gesagt haben. Auch Madame Aubry meint, dass du daran schuld bist. Warst du frech zu ihm, oder hast du ihn sonst wie verletzt?«

»Aber Mama!«

»Oder hast du ihn gekränkt oder beleidigt? Du weißt, du hast oft ein ziemlich loses Mundwerk.«

»Aber doch nicht bei Frederic!«

»Manchmal doch.« Die Mutter rührte keinen Bissen an und konnte sich nicht genug wundern, welchen Appetit Delphine entwickelte. Das tröstete sie ein wenig. Und Delphine bekam nach dem ersten Schreck noch mehr Appetit.

»Nein«, sagte Therese, »ich mag dieses Herumgerede nicht mehr. Ich muss nicht heiraten, ich habe ja dich. Und wenn wir nun ein bisschen besser dastehen, dann ziehen wir in ein anderes Haus.«

Jetzt verging Delphine der Appetit. Das hatte sie nicht gewollt. Zugegeben, sie hatte manchmal quergetrieben, aber nur, wenn sie sich ein wenig übergangen fühlte.

»Wenn ich nur wüsste, was der Grund ist«, sagte Mama und starrte vor sich hin.

Delphine überlegte. Und wenn sie es jetzt sagte? Aber war es nicht schon zu spät? Und morgen sprach Barlof sicherlich mit dem Intendanten, und dann war die ganze Aufregung umsonst gewesen. Denn das war sicher, Barlof erreichte, was er wollte.

»Warum heiratest du eigentlich Frederic nicht?«, fragte Delphine jetzt unvermittelt. »Er will es doch, stelle ich mir vor.«

»Aber Kind …« Therese suchte nach Worten, »du bist ja, das ist …«

»Na und?«, sagte Delphine.

»Ich dachte, du könntest darunter leiden.«

»Ich?« Delphine lachte. »Mama, du musst endlich deine Jungmädchenbücher vergessen! Es wäre doch vieles praktischer, wenn ihr verheiratet wärt.«

»Was zum Beispiel?«

»Ich hätte einen Vater, und einen Vater könnte man immer brauchen.«

»Wo zum Beispiel?«

»Wenn Schwierigkeiten auftauchen.«

»Kind, ich begreife einfach nicht, wie du plötzlich sprichst. Du könntest Frederic als deinen Vater ansehen?«

»Den wirklichen kenne ich ja nicht. Und Mademoiselle Aubert sagte neulich, der soziale Vater sei wichtiger als der biologische.«

»So etwas wird euch Kindern schon gesagt?«

»So klein sind wir auch wieder nicht. Aber es bedeutet doch nur, dass man erst dann ein richtiger Vater ist, wenn man das Kind mit aufzieht. Mademoiselle Aubert sagte, man wird erst im Laufe vieler Jahre im richtigen Sinn Vater.«

»Da hat sie recht.«

»Mein Vater ist wohl nicht tot?«, fragte Delphine.

Die Mutter schüttelte den Kopf. »Und er ist auch wohl nicht ganz so nett, wie du immer erzählt hast?«

»Nein, ganz so ist er nicht.«

»Und er hat wohl nie etwas für mich bezahlt?«

»Keinen Knopf, Kind. Du musst verstehen, ich habe es gut gemeint, wenn ich es dir verheimlichte. Unsere Ehe ging bald kaputt. Er war zu jung und zu sorglos, verstehst du, als du geboren wurdest. Er war noch nicht reif genug für ein Kind, das war es wohl.«

Jetzt werde auch ich alles sagen, dachte Delphine. Noch nie hatte sie fast wie eine Erwachsene mit der

Mutter gesprochen. Jetzt konnte sie ihr das gut erklären. Die Lügen mussten weggeräumt werden. Alle!

»Dafür, dass du mir das gesagt hast«, begann Delphine, »möchte ich dir auch etwas sagen.«

»Kind, vergiss nicht, du musst heute mit dem Bus zur Oper, du musst aufbrechen«, sagte die Mutter, »damit du nicht zu spät kommst.«

Da brachte Delphine es doch nicht fertig, mit der Wahrheit herauszurücken. Sie wäre gerne daheim geblieben, aber sie musste so tun, als ob. Wie im Spiel, dachte sie. »Als ob« ich in der Ballettschule der Oper wäre.

Lise Dulong wäre an sich gern am Abend heimgegangen. In ihrem kleinen Haushalt war die letzten beiden Tage die Arbeit liegengeblieben, und sie hatte außerdem ein riesiges Verlangen nach ihrem bequemen Sessel, in den man sich fallen lassen konnte wie in eine Wolke, die Schuhe von den Füßen streifen und dann die Beine auf einen Hocker legen … Das hätte sie noch lieber getan als aufzuräumen.

Aber da war jene innere Stimme, die sie ihren »Vorgesetzten« nannte, und die riet ihr zu bleiben.

Sie saß in der Garderobe der zweiten Ballettklasse, plauderte mit Mercedes, die aus ihrem Leben erzählte. Jahrzehntelang war sie schon an der Oper und kannte alle Opern doch nur aus dem Lautsprecher in der Garderobe und von den paar Kostümen, die sie für die Vorstellungen auszulegen hatte.

Sie trank vom vorzüglichen Kaffee der Garderobiere

und aß von deren selbstgebackenem Kuchen. Sie ließ sich das Rezept geben, als führe das schnurstracks zur Lösung des Geheimnisses um die verschlossene Tür.

Als Mercedes noch ein anderes Kuchenrezept preisgeben wollte, ging die Tür auf, und Vera trat ein.

»Du bist nicht auf der Bühne?«, fragte Mercedes.

»Nein, Mercedes, hier, ich bin an einem Nagel in den Kulissen hängengeblieben und hab mir das Kostüm zerrissen. Monsieur Dumontier schickte mich rauf. Ich soll auch gleich die Sachen von Delphine einpacken und sie ihr morgen bringen. Er sagte, Sie hätten sicher etwas, wo ich das Zeug einpacken könnte.«

Mercedes brachte eine größere Plastiktüte herbei, und Vera ging zu Delphines Schrank und öffnete ihn.

Mercedes schilderte den Kuchen weiter: »Mögen Sie Zimt?«, fragte sie die Polizeibeamtin. »Diesen Kuchen habe ich am liebsten mit einer Zimtglasur. Zitronenglasur ist mir zu sauer, aber Zimt ...«, sie hielt inne, denn eben war etwas klirrend auf den Boden gefallen.

»Was war denn das?«, fragte Lise Dulong.

Vera wurde tiefrot und nahm den Fuß von dem Schlüssel, der zwischen den Wollsachen Delphines gelegen hatte.

»Ein Schlüssel!«, rief Mercedes und wollte ihn aufheben.

»Liegen lassen! Es wäre zu schön«, meinte Lise Dulong, »wenn es der Schlüssel wäre, den ich suche. Aber wie kommt er in die Sachen von Delphine? Das geht doch nicht gut. Delphine konnte doch nicht von der anderen Seite der versperrten Tür an den Schlüssel gelangen ...«

»Ob sie die Tür am Ende selber zugesperrt hat?«, fragte Mercedes kopfschüttelnd.

»Nur aus dem einen Grund, um aus der Ballettschule zu fliegen? Nein. Den Schlüssel hat jemand anders hier abgelegt, und zwar der, der die Tür zusperrte. Und es kann erst heute geschehen sein, denn gestern hat Delphine das Wollzeug noch benutzt. Das heißt, wenn es der Schlüssel ist, den ich suche.«

Vera starrte auf den Schlüssel, auf dem noch Spuren weißer Farbe zu erkennen waren.

»Ich werde mal hinaufgehen und probieren, ob er passt«, sagte die Polizeibeamtin entschlossen.

»Jetzt, im Dunkeln?«, fragte Mercedes ängstlich.

»Keine Angst! Ich gehe nicht gleich aufs Dach hinauf.«

Vera starrte die Polizeibeamtin an. Als diese die Tür schließen wollte, rief sie: »Mademoiselle!«

»Ja?«, fragte Lise Dulong freundlich.

»Sie brauchen nicht hinaufzugehen. Es ist der Schlüssel, den Sie suchen.«

»Fein, dass du mir den Weg ersparst. Das viele Stiegensteigen bin ich langsam leid. Du kennst also den Schlüssel?«

»Ja, aber ich habe ihn bestimmt nicht da reingelegt.«

»Das glaube ich dir. Ich weiß es sogar ganz bestimmt.«

»Wieso?«, fragte Mercedes. »Das verstehe ich nicht.«

»Hätte sie gewusst, dass der Schlüssel zwischen den Sachen steckte, wäre er ihr nicht auf den Boden gefallen. Pass auf«, wandte sie sich wieder an Vera. »Du legst die Sachen möglichst so hinein, wie sie lagen. Und ich sag Monsieur Dumontier, dass die Sachen von Delphine noch dableiben sollen. Und dann spielen wir Schweigen. Ich kann schweigen, du kannst schweigen. Du warst mit auf dem Dach?«

Vera überlegte. »Ja, Mademoiselle.«

»Gut. Wie gesagt, ich kann schweigen. Niemand wird es erfahren. Und von dir wird niemand erfahren, dass der Schlüssel in Delphines Schrank ist, verstanden? Morgen werden wir die Missetäterin haben, die deine beiden Freundinnen aussperrte. Darauf gebe ich dir mein Wort.«

Es war der dritte Tag nach dem Ausflug auf die Dächer. Der Tag, an dem Barlof mit dem Intendanten redete, der Tag, an dem die Polizeibeamtin Lise Dulong den Missetäter oder besser gesagt die Missetäterin überführen wollte, der Tag, der so oder so die Entscheidung bringen musste.

Gestern Abend hatte Delphine sich während der Vorstellung im nächtlichen Paris herumgetrieben und vor Polizisten versteckt. Vor Leuten, die sie argwöhnisch musterten, war sie davongelaufen.

Heute würde sie wieder spielen müssen »als ob«. »Als ob« sie in die Oper führe, »als ob« sie mit Barlof für *Galatea* probte. Vieles würde sie tun müssen »als ob«. Und sie wusste ganz genau, dass sie es nur noch heute durchhalten konnte. Man konnte nicht mehrere Tage, Wochen oder gar Monate Tag für Tag durch Paris zigeunern und so tun, als ob man in die Oper ginge.

Heute Nachmittag war die Probe für 15 Uhr angesetzt, und kurz davor musste sie Barlof sprechen. Damit war die Sache entschieden.

Sie war fast ein bisschen fröhlich, denn es gab keinen Zweifel für sie, Barlof würde sich durchsetzen. Barlof war international berühmt, und die Pariser Zeitungen hatten sich gefreut, als er seinerzeit das Angebot der Oper annahm.

Sie malte sich das Gespräch Barlofs mit dem Intendanten beim Frühstück aus. Barlof würde gleich zum Angriff übergehen. Etwa so: »Herr Intendant, ich bin nicht gewohnt, dass man meine Hauptdarstellerin, ohne mich zu informieren und über meinen Kopf hinweg, aus der Oper wirft.«

Der Intendant würde die alte Leier von der Disziplin herunterspielen: »Aber Barlof, Sie müssen einsehen, wir können nicht alles hinnehmen, und wir sind so diszipliniert wie das Militär, wir sind noch strenger als das Militär, und wer nicht will, der kann ja gehen. Bla, bla.«

Barlof: »Ich habe mit der Wahl der kleinen Nadal eine künstlerische Entscheidung getroffen, die ich vertreten kann, eine andere kann ich nicht vertreten, entweder gewähren Sie der Kleinen Verzeihung oder ›Galatea‹ wird nicht aufgeführt, nicht unter meiner Leitung.«

Der Intendant: »Es gibt verschiedene Werte, eine Reihenfolge von Werten. Zuerst kommt das Haus, die Oper, dann erst der Einzelne, der an ihr wirkt. Bla, bla.«

»Gilt das auch für mich?«, fragte Barlof gereizt.

»Wir alle sind nur ein Rad, ein Rädchen, ein Zahnrad im großen Getriebe, wir alle sind untereinander austauschbar, auch ich, mein lieber Barlof. Nur die Gesamtheit, das, was sich ›Pariser Oper‹ nennt, das ist nicht austauschbar. Unterordnen, einordnen, überordnen, das ist es, Barlof!«

»Gut, dann ziehe ich die Konsequenzen, ich werde die Oper verlassen und nicht mehr auftreten. Sie brechen meinen Vertrag.«

»Nein, Sie! Bla, bla.«

»Nicht ich, sondern Sie, denn Sie haben mir jede Unterstützung und die letzte Entscheidung in künstlerischen Belangen für das Ballett zugesagt. Die haben Sie mir jetzt entzogen, das ist Vertragsbruch. Ich werde der Presse eine entsprechende Erklärung übergeben. Wenn Sie einen Skandal haben wollen, können Sie ihn haben. Und wenn ich gehe, dann gehen auch Victoria Lorenz und einige der Solotänzer. Dann können Sie selber Sprünge auf der Bühne vollführen, wenn Sie überhaupt noch springen können.«

»Aber mein lieber Barlof! Sie werden doch nicht, und Sie wollen doch nicht ... wir haben Sie immer und zu jeder Zeit geschätzt, und wir schätzen Sie heute noch und morgen und übermorgen! Also gut, wenn die Kleine wirklich so gut ist, dann drücken wir eben das eine Auge und das andere Auge zu, also beide Augen, und wir halten die Hand drüber, dass wir ja nichts sehen.

Jetzt müssen Sie aber zufrieden sein, und die Presse ...«

»Warum sagtest du jetzt dreimal bla, bla?«, fragte die Mutter.

Delphine, die sich zum Frühstück zwei Eier gewünscht hatte, fuhr hoch. »Habe ich bla, bla, bla gesagt?«

»Natürlich.«

»Ach«, tat Delphine lustig, »das sagte gestern Kiki, als sie mit Julie einen Streit hatte.«

Therese trat ans Fenster und sah hinunter auf den Quai. Aber da war kein Frederic zu sehen, der eine Tüte mit Hörnchen trug und ein langes Weißbrot wie einen Tambourstock schwang.

»Wenn ich nur wüsste, was mit Frederic ist«, murmelte sie.

»Zerbrich dir nicht den Kopf, Mama. Ich werde heute mit ihm sprechen. Natürlich nur, wenn du einverstanden bist«, fügte sie großspurig hinzu. Wenn Barlof die Sache geregelt hatte, würde sie auf Frederic an seinem Auto, oder wenn das nicht da war, einfach im Hof warten und ihm sagen: »Heiraten Sie jetzt doch endlich meine Mutter! So etwas schiebt man nicht auf die lange Bank.« So oder so ähnlich würde sie es sagen, und dabei natürlich lachen, damit es nicht so tierisch ernst klang.

Ach ja, was für ein Tag stand ihr bevor! Wieder dieses Herumstreunen, aber vielleicht durfte sie schon an der Probe mitwirken. Dann wäre alles nur ein schlimmer Traum gewesen.

Um die Zeit etwas abzukürzen, konnte sie vielleicht Bernadette im Krankenhaus besuchen. Sie ärgerte sich, dass ihr das nicht schon gestern eingefallen war. Bernadette lag bestimmt in einem Zimmer erster Klasse, da konnte man immer Besuche machen.

»Kind, es wird wirklich Zeit für dich«, sagte Therese müde vom Fenster her. »Und ich sehe weder Frederic noch seinen Wagen.«

Delphine packte ihre Sachen, diesmal hatte sie sich zwei Brote mitgeben lassen, und ging.

Unten, im Hausflur, zuckte sie zusammen. Da stand Frederic und schien auf sie gewartet zu haben.

»Wohin gehst du?«, fragte er. »In die Oper?«

Sie lief rot an.

»Du hast also deiner Mutter noch immer nichts gesagt?«

»Nein, Monsieur Frederic. Aber ...«

»Hör zu«, unterbrach er sie, »morgen früh gehe ich zu ihr und sage es ihr. Ich lasse mir mein Leben nicht länger durch dich zerstören, und das deiner Mutter auch nicht.«

Delphine begann zu bitten: »Ich verspreche Ihnen, dass ich heute Nachmittag entweder wieder im Ballett bin oder meiner Mutter alles sage. Das habe ich mir geschworen.«

»Ich sehe ein, es ist ja nicht so einfach. Und wenn du noch eine Hoffnung hast ...«

»Barlof will heute mit dem Intendanten reden.«

»Lauf«, sagte Frederic, »du erreichst sonst den Bus

nicht mehr. Und deiner Mutter fällt es sicher auf.«
Aber dann dachte er, sie braucht den Bus ja gar nicht
zu erreichen.

Delphine lief trotzdem, und sie vergaß nicht, Mama
zuzuwinken.

Und der Tag barg alle Hoffnungen.

Der Pförtner im Krankenhaus steckte den Kopf aus
dem Glasverschlag. »He, kleines Fräulein, wohin?«

»Zu Bernadette Morel.«

»Ist das die junge Dame vom Operndach?«

»Ja.«

»Keine Schule heute?«, fragte der Pförtner.

Delphine überlegte schnell. »Ich komme im Auftrag
der Ballettklasse«, sagte sie dann, ohne rot zu werden.

»Zweiter Stock, Zimmer zweihundertelf.«

Delphine stieg die beiden Stockwerke hinauf und
folgte dem Pfeil, der zu den Zimmern mit ungeraden
Nummern wies.

Bernadette lag pausbäckig und rosig im Bett und
machte gar nicht den Eindruck, wegen des Unglücks
betrübt zu sein.

»Hallo, Delphine!«, rief sie. »Gut, dass du kommst!
Ich habe mich verplappert.«

»Bei wem?«

»Bei der von der Polizei. Ich glaube, die ahnt, dass wir
doch nicht allein auf dem Dach waren. Bist du mir böse deswegen?«

»Vielleicht ist es gar nicht so schlecht für uns, wenn
sie draufkommt«, überlegte Delphine laut. »Ich glau-

be, es war ein Fehler, dass wir alle Schuld auf uns genommen haben. Die anderen wollen jetzt gar nichts mehr davon wissen.«

»Schweinerei«, sagte Bernadette. »Ich habe ja noch Schonzeit, aber wenn ich erst wieder mal so weit bin, kommen die bestimmt auf mich zurück. Dafür wird schon Dumontier sorgen.«

»Bis dahin ist aber noch Zeit!« Delphine sah auf den Teller mit Obst. Seit gestern hatte sie eigentlich immer Appetit.

»Möchtest du einen Pfirsich oder eine Banane und dann noch eine Birne?«, fragte Bernadette. »Weißt du, die verwöhnen mich hier ganz schön. Erste Klasse! Ich kann mir aussuchen, was ich essen will, und die Krankenschwestern sind sehr freundlich. Papa hat ihnen wohl Geld gegeben, dass sie schön auf mich schauen.«

Es ist wirklich günstig, einen Vater zu haben, überlegte Delphine. Besonders, wenn es um so praktische Dinge im Leben ging. Die konnten Väter wirklich besser regeln.

»Wenn ich einen einflussreichen Vater hätte«, seufzte Delphine, »dann stünde ich auch nicht so da. Gestern bin ich zu Barlof betteln gegangen, dass er mir hilft.«

»Barlof mag dich. Der hilft bestimmt.«

»Wenn er kann.«

»Sollst sehen, wie er kann«, tröstete Bernadette. »Und du bist mir nicht bös, dass ich mich verplappert hab? Das kam so: Sie fragte mich, wer das Opfer war und wer der Schurke. Und beim Opfer sagte ich, du seist es gewesen, und beim Schurken sagte ich, ich wüsste es nicht. Und da hat sie blitzschnell geschaltet. Und es ist ja überhaupt Blödsinn. Das Mörderspiel kann man ja gar nicht zu zweit spielen.«

»Das ist jetzt alles gleichgültig«, beruhigte Delphine die Freundin. »Hauptsache, du wirst wieder ganz gesund.«

»Und dann war noch jemand da.«

»Wer denn?«

»Einer von der Zeitung, mit Fotoapparat. Er hat die Decke von meinem Bein gezogen, damit man es schön sieht, und mich geknipst.«

»Toll«, sagte Delphine, »jetzt kommst du sogar in die Zeitung!«

»Er hat auch nach dir gefragt. Da habe ich ihm erzählt, wie gemein sie dich behandelt haben. Er war sehr empört und hat sich gleich deine Adresse notiert.«

Delphine war entsetzt. »Du lieber Himmel!«, rief sie. »Wenn der jetzt zu Mama geht! Die weiß doch noch nichts!«

»Au!«, sagte Bernadette. »Das wollte ich wirklich nicht. Aber das kommt davon, wenn man so plötzlich von den anderen isoliert wird. Man weiß gar nicht mehr, was draußen vor sich geht, und dann kann man nicht mehr richtig schalten. – Aber vielleicht kann er dir helfen. Stell dir vor, wenn der etwas davon in die Zeitung schreibt, wie da die Leute in der Oper zittern, bis zum Intendanten hinauf! Das garantiere ich dir! Papa sagt immer, die Presse ist mächtig.«

Delphine stand auf. »Ob ich schnell heimfahre?«

»Und wenn er schon da war? Komm, renn doch nicht gleich fort! Vielleicht hat er nur nach dir gefragt, und deine Mama meint, er kommt, weil er ein Interview von dir haben will, wegen der Rolle.«

»Hoffentlich«, jammerte Delphine. »Ach, wenn das alles nur vorüber wäre!«

»Iss noch einen Pfirsich«, schlug Bernadette vor. Delphine aß einen Pfirsich. Und etwas später aß sie eine Schinkenrolle mit Spargel, und dann teilte Bernadette das Mittagessen mit ihr.

Plötzlich heulte Bernadette.

»Was ist denn?«, fragte Delphine bestürzt.

»Manchmal krieg ich Angst, dass mein Bein krumm wird oder steif bleibt. Wenn die Ärzte da sind, reden sie alle so lateinisch um mich herum, und das ängstigt mich.«

»Es wird bestimmt wieder gut. Schließlich liegst du ja erster Klasse.« Und wieder musste Delphine denken, wie gut es war, wenn man einen Vater hatte. Sicherlich sprach Herr Morel auch mit den Ärzten und sagte: »Meine Herren, was es kostet, das kostet es, aber meine Tochter muss wieder tanzen. Und man darf nicht merken, dass das eine Bein gebrochen ist.«

»Was Bruch auf Lateinisch heißt, weiß ich schon«, verriet Bernadette. »Fractur, fast wie im Französischen, das ist doch toll, nicht?«

»Mhm«, machte Delphine etwas abwesend, denn ihr ging wieder der Journalist im Kopf herum, der vielleicht gerade jetzt der Mutter alles brühwarm berichtete. Eine seltsame Unruhe ergriff sie, und sie atmete deshalb erleichtert auf, als Bernadettes Eltern erschienen und sie sich verabschieden konnte.

Den Mädchen der zweiten Klasse in der Oper war etwas aufgefallen. Michele, die Julie in der Figur ziemlich ähnlich war, trug ein Kleid von Julie.

Julie musste es Michele geschenkt haben. Das war an sich nichts Außergewöhnliches, denn Julie hatte genug Kleider und trug sie alle nur ein paarmal. Was die Sache so spannend machte, war das Warum. Denn Julie verschenkte nichts, ohne eine Gegenleistung zu verlangen.

In der Kantine unterhielten sich die Mädchen eingehend über das Kleid, über Julie und Michele und über die Sache mit der versperrten Tür. Warum tauchte gerade jetzt Michele mit diesem Kleid auf und gab sogar zu, dass sie es von Julie bekommen hatte?

Für Kiki, Spezialistin für Western- und Krimiserien, war der Fall klar: Michele war mit diesem Geschenk für irgendetwas belohnt worden.

Und plötzlich ging ihr ein Licht auf, gerade als sie ein paar Pommes frites auf die Gabel spießte. Nachdem Julie, die vormals zweite Besetzung, erste Besetzung geworden war, war Michele als zweite Besetzung der Galatea nachgerückt.

Seit dem Ausflug aufs Dach hatte Michele immer mehr zu Julie gehalten, also konnten die beiden nur Komplizinnen sein.

Vielleicht, Kiki verrannte sich immer mehr in die Idee, vielleicht hatte gar nicht Julie die Tür zugesperrt, sondern Michele! Das war auch irgendwie naheliegender: Julie macht sich nie selber die Finger schmutzig, das hat sie nicht nötig. Sie verspricht Michele Kleider, Geld und andere Geschenke, wenn sie die Tür zuschließt. Michele, daheim nicht gerade gutgestellt, erledigt die Sache und wird von Julie belohnt.

Kiki konnte vor Aufregung kaum zu Ende essen. Es war natürlich äußerst dumm von Michele, so kurz nach dem Vorfall in einem Kleid von Julie aufzukreuzen, aber irgendwie verrieten sich schurkische Menschen ja immer. Das war doch in allen Krimis so. Etwas ließen sie außer Acht, entweder warfen sie mit dem Geld herum, das sie erbeutet hatten, oder sie zerstritten sich wegen der Beute und knallten sich gegenseitig ab, bevor die Polizei sie schnappte.

»Michele, ist dein Kleid von Chanel oder Dior?«, fragte da Vera.

»Lasst sie in Ruhe!«, zischte Julie.

»Ein schönes Kleid«, sagte Reinette, »da sieht man wieder einmal, wer hat, der hat.«

»Ja, ja, Kleider machen Leute, Barlof wird sich in sie verlieben!«

Die Mädchen hätten noch weitergealbert, aber da tauchte wieder Lise Dulong auf. Diesmal mit Mademoiselle Aubert. Sie schien fröhlich und guter Dinge. Die Mädchen verstummten.

Kiki beobachtete unentwegt Julie und Michele. Waren sie nun blass geworden, als die beiden eingetreten waren, oder nicht? Die Beleuchtung in der Kantine hätte wirklich besser sein können.

Nun erschien auch Dumontier. Er wirkte, wie immer, verärgert und holte sich mit mürrischer Miene sein Essen. Alle spürten jetzt, dass sich ein Gewitter über ihnen zusammenzog. Marcelline brachte keinen Bissen mehr herunter. Reinette fürchtete, erbrechen zu müssen.

Unwillkürlich guckten einige dorthin, wo sonst Delphine gesessen hatte, neben Bernadette. An dieser Tischseite hatten jetzt die Mädchen viel mehr Platz.

Kiki stellte fest, dass Michele auch nichts mehr aß. Also ist sie doch das Biest gewesen, kombinierte sie schnell. Wenn ich die Dulong wäre, ich würde sie sofort verhaften. Aber was war das für ein Verbrechen, wenn man eine Türe, wenn auch boshafterweise, zusperrte? Freiheitsberaubung lag doch nur vor, wenn man jemanden einsperrte, was war das, wenn man jemanden aussperrte? Kiki zermarterte sich das Hirn und ging alle Verbrechen durch, die sie schon in Krimis gesehen hatte. Noch niemals war jemand ausgesperrt worden.

Aber dann hatte sie nach ihrer Meinung die richtige Eingebung. Diejenige, die zugesperrt hatte, war wegen schwerer Körperverletzung anzuklagen. Und das war auch recht so, denn schließlich war es eine Riesengemeinheit gewesen. Sie hatte gar nicht bemerkt, dass sie während dieser Überlegungen ihren Teller leergegessen hatte, und stellte erstaunt fest, dass die anderen nicht den gleichen Appetit hatten. Zumindest seit dem Auftauchen der Polizeibeamtin nicht mehr.

Mademoiselle Aubert verschaffte sich jetzt Gehör

und sagte: »Es gibt eine Programmänderung. Wir gehen noch einmal in das Klassenzimmer hinauf. Das erleichtert die polizeilichen Erhebungen.«

Jetzt saßen alle Sünderinnen da wie vom Schlag gerührt. Es nahm kein gutes Ende. Das Opfer Delphines hatte überhaupt nichts genutzt. Und Kiki wurde wieder unsicher, denn sie selbst sah zumindest so gequält unbeteiligt drein wie Michele und Julie auch.

Bedrückt schlichen sie hinaus auf den Flur. Stumm zogen sie los. Bis einige daraufkamen, dass sie sich schon jetzt verrieten, wenn sie leise blieben. Und mit einem Mal stampften sie wieder lärmend durchs Haus, als wäre überhaupt nichts geschehen.

Im Klassenzimmer mussten sie zunächst einmal Platz nehmen. Lise Dulong packte aus ihrer Tasche einiges aus und legte es auf den Tisch der Lehrerin. Es nahm sich aus wie ein Stempelkissen und Karteikarten. Dann trat sie vor und erklärte: »Da ich nach wie vor den Eindruck habe, dass mir die Wahrheit mit dem Ausflug auf das Dach vorenthalten wird, sehe ich mich zu einer erkennungsdienstlichen Maßnahme gezwungen. Ich werde jetzt Karten an euch verteilen. An jede. Ihr füllt unter der Rubrik Name und Adresse die Karten aus, und dann kommt ihr der Reihe nach heraus, und ich nehme euch die Fingerabdrücke ab.«

»Aber warum?«, riefen einige. »Wir haben doch nichts getan!«

»Umso besser für euch. Wer nichts getan hat, muss nichts befürchten. Nein, es geht darum: Ich bin fest davon überzeugt, dass der verlorengegangene Schlüssel zur verbotenen Tür sich wiederfindet. Ich habe da meine Informationen. Ich muss die Fingerabdrücke auf dem Schlüssel mit den euren vergleichen können.«

»Und wenn jemand anders zugesperrt hat, niemand aus unserer Klasse?«

»Dann ist eure Unschuld erwiesen. Besser kann es euch doch gar nicht gehen. Angst haben muss nur der Schuldige.«

»Und wenn nur die Abdrücke von denen darauf sind, die aufgesperrt haben, und der, der zusperrte, Handschuhe anhatte?«

»Das lässt sich feststellen«, sagte Lise Dulong lächelnd. »Ich wiederhole, die Sache liegt in eurem Interesse, sonst würde ich sie nicht machen.«

Lise Dulong teilte nun die Karten aus, und die Mädchen schrieben wohl oder übel ihre Namen darauf.

»Sind alle fertig?«, fragte nun Mademoiselle Aubert. »So, die linke Bankreihe kommt nun zum Tisch vor, dann die mittlere und zum Schluss die rechte.«

Die Mädchen gingen der Reihe nach zum Tisch, drückten widerwillig zuerst die Finger auf das Stempelkissen und dann der Reihe nach in die Felder der Karteikarten. Mademoiselle Aubert kontrollierte, ob auch jedes Mädchen die Karte mit dem richtigen Namen vorlegte.

Unbemerkt war inzwischen auch Monsieur Dumontier eingetreten. Er lehnte mit verschränkten Armen neben der Tür und betrachtete die vor Angst bibbernden Mädchen mit einem gewissen Wohlbehagen. So klein hätte er sie gerne öfter gehabt, so gedrückt, so ruhig. Dann wären sie nach seinem Sinn gewesen, richtig und gut erzogen. Welch schönes, ruhiges Leben könnte er dann führen, ohne Sodbrennen und ohne Angst vor Magengeschwüren und ohne Schweißausbrüche, wenn er sich ärgerte.

Das werden sie sich merken, dachte er. Und er war froh, dass er, wenn auch nur widerwillig, diesem Verfahren zugestimmt hatte, das ein Bluff war und nur dazu dienen sollte, die wahre Schuldige unsicher zu machen. Dumontier wusste nicht, wie Lise Dulong sich das vorstellte, aber bestimmt hatte sie einen Plan, und wenn er nicht gelang, dann konnte er sich noch immer über sie lustig machen und seine Hände in Unschuld waschen und sagen: An mir lag es nicht. Ich habe der Sache zugestimmt, ich habe sie nicht verhindert.

Als alle Mädchen wieder auf ihren Plätzen saßen, packte Lise Dulong die Karten und das Stempelkissen in ihre Tasche und sagte: »Das hätten wir also. Jetzt brauchen wir nur noch den Schlüssel.«

Dumontier trat vor und befahl: »Wir gehen jetzt gemeinsam in die Garderobe, dort werdet ihr euch fürs Training umziehen, und vorher wäscht sich jede die Hände! Aber Ruhe bitte ich mir aus, verstanden? Und es rennen nicht alle gleichzeitig in den Waschraum, kapiert?«

Lise Dulong war in die Garderobe mitgekommen. Wie zufällig lehnte sie am Schrank Delphines und versuchte herauszubekommen, wer öfter in ihre Richtung sah. Aber das ergab noch keinen Aufschluss. Wollte die Missetäterin den Schlüssel wirklich herausholen, um ihn ganz verschwinden zu lassen, dann tat sie das bestimmt nicht jetzt, wo alle da waren.

Ich möchte heute meine Untersuchungen hier abschließen, dachte Lise Dulong, sonst lass ich mich gleich an der Oper engagieren.

Einige Zeit später schlich sich Delphine wieder ins Haus. Allein war es schwerer, unbemerkt hineinzukommen, als mit einer Freundin als Lotsen. Aber schließlich war sie doch an der Tür, die auf die Bühne führte. Sie huschte an Tafeln mit vielen Schaltern und Hebeln, an einer Reihe von Sicherungskästen vorbei. Und da sah sie ihn.

Barlof. Es war noch immer ihr Barlof. Obwohl er heute nicht die Diagonale der Bühne mit riesigen Sprüngen durchmaß. Im Gegenteil, er saß auf einer mit Rupfen bespannten Kiste und starrte vor sich hin. Er war kein strahlender, sondern ein besinnlicher, ja, nachdenklicher Barlof.

Delphine hatte plötzlich die Empfindung, sie wüsste, wie Barlof als alter Mann aussehen würde. Immer noch würde er schlank sein und muskulös, aber leicht gebeugt, die mächtigen Schultern nach vorn gezogen.

Mit anmutigen Schritten eilte sie zu ihm hin. Er bemerkte sie wohl, aber gleichzeitig sah er durch sie hindurch. Erst als sie dicht vor ihm stand, hob er den Blick und sah sie an.

»Ich werde, und wenn ich noch so alt werde, nie vergessen«, sagte er, »wie du jetzt auf mich zugekommen bist. Wie du dich jetzt bewegtest, genau das war der Grund, warum ich dich für die Galatea aussuchte.« Er holte tief Luft.

Delphine wagte nicht zu fragen, sie suchte in seinen Augen zu lesen, aus seinem Blick zu erfahren, was er erreicht hatte. Und sie begriff, dass sie vor keinem Sieger stand. Barlof hatte eine Schlappe erlitten. Sie wusste es, bevor er es aussprach. Sie war endgültig nicht mehr die Galatea.

»Ja«, sagte er nach einer langen Pause. »Ich habe mich wirklich bemüht, ich bin bis zum Äußersten gegangen. Ich habe gebrüllt und getobt, und ich habe um Einsicht gebeten. Aber diese Herren da oben sind nur exakte Rechenmaschinen und Disziplinarstrafenausteilungsapparate. Sie müssten das Herz eines Künstlers haben, um mich zu verstehen. Sie haben nur verkümmerte Buchhalterherzen, bis hinauf zum Intendanten.«

Delphine hatte lautlos zu weinen begonnen.

Barlof merkte es. »Lass zunächst einmal Gras über die Geschichte wachsen und nimm Privatunterricht«, riet er ihr. »Ich selbst gebe dir wöchentlich zwei Stunden. Kostenlos, du brauchst nur ins Studio Wacker zu kommen. Wirf die Flinte nicht ins Korn, zeig ihnen jetzt erst recht, was in dir steckt. Eines Tages werden sie kommen, bittend, verstehst du! Das ist drin, so weit bringst du es, wenn du jetzt nicht aufgibst. Ich garantiere es dir!«

»Aber ich kann doch nicht privat weiterlernen. Meine Mutter, wir haben nicht das Geld dafür«, stammelte Delphine.

Barlof überlegte, immer scheiterten die Dinge am Geld. Er war niedergeschlagen. Er war selbst auf dem Nullpunkt. Das Nein des Intendanten war nicht die Bestätigung der Strafe für dieses Kind, sondern eine ernste persönliche Niederlage. Aber bevor er noch einen Rat wusste, rannte Delphine plötzlich davon. Er rief sie, aber sie hörte nicht. Und als er aufsprang, um ihr nachzulaufen, kamen die Tänzerinnen und Tänzer des Ballettkorps gerade zur Probe.

»Delphine!«, rief Barlof noch einmal.

Aber Delphine war im Trubel spurlos verschwunden.

Wenig später begann die zweite Probe ohne Delphine.

Julie Alberti tanzte ihren Part mit Barlof. Aber heute durfte der Meister niemandem Vorwürfe machen. Heute war er selbst nicht so recht bei der Sache. Als er die Szene mit Julie einige Male wiederholt hatte, ohne dass die Darstellung besser wurde, gab er es auf und schickte Julie in die Reihe zurück. Die ganze *Galatea* schien von Anfang an eine verkorkste Sache zu werden. Julie fehlte einfach das Kindliche, das Anschmiegsame Delphines, trotz ihrer elf Jahre war sie frühreif und arrogant. Sie war kein Kind mehr, das war es, das spürte er, und das störte ihn bei der Arbeit.

Als sie wieder unter den anderen war, begann es Julie

zu frieren. Sie zitterte und suchte ihren Wollschal, der breit und lang wie eine Stola war. Sie fand ihn nicht.

»Du brauchst ihn gar nicht zu suchen, dumme Kuh«, sagte Kiki, »du hast ihn ja überhaupt nicht mitgebracht.«

»Aber mir ist kalt.«

»Hab dich! Kalt!«

»Und außerdem zieht es«, meinte Julie weinerlich.

»Dann mach den Mund zu, und es hört auf zu ziehen.«

Julie kreuzte die Arme vor der Brust und legte beide Hände auf ihre Schultern, aber davon wurde ihr nicht wärmer. Sie brauchte ihren Schal. Sie lief nach hinten zu Dumontier und bat ihn, den Schal holen zu dürfen.

»Aber mach mir keine Extratouren, verstanden? Nein, nein, ich weiß schon, dass du vernünftig bist. Los, lauf!«

Julie rannte los. Zuerst kamen die Treppen und dann der lange Gang. Ihr war jetzt gar nicht mehr kalt. Aber sie musste den Schal haben. Der Gang lag wie ausgestorben vor ihr. Niemand war da. Auch in der Garderobe war Mercedes' Platz leer. Sicherlich war sie schnell aus dem Haus, um ein paar Besorgungen zu machen, oder sie war in einer anderen Garderobe bei einer Kollegin.

Julie hastete, ohne das Licht anzudrehen, zu ihrem Schränkchen und holte den Schal heraus, dann eilte sie zur Tür, warf einen Blick hinaus auf den Gang, der noch immer leer war, und trat in die Garderobe zurück. Eine Weile stand sie da und versuchte das Halbdunkel zu durchdringen. »Hallo?«, fragte sie. »Ist da jemand?«

Niemand antwortete.

Mit ein paar Sprüngen war sie jetzt beim Kästchen Delphines, riss die Tür auf, wühlte in den Sachen, warf die Tür zu und wollte auf und davon.

Da ging das Licht an, Mercedes rief »Halt«, und Lise Dulong vertrat ihr den Weg.

»Zeig mir, was du geholt hast«, sagte sie und war nun ganz und gar Polizeibeamtin.

»Den Schal«, maulte Julie. »Den werde ich doch wohl noch holen dürfen.«

»Und was noch?«

»Nichts.«

»Gib mir den Schal.«

Julie wurde rot und gab ihn ihr.

»Und jetzt leg, was du noch in der Hand hast, hier auf den Tisch.«

Julie ging mit schleppenden Schritten zum Tisch, nur langsam öffnete sie die Hand. Und dann lag er da: der Schlüssel.

»Mercedes, bitte, holen Sie Dumontier und verständigen Sie den Direktor. Wir haben das Mädchen gefunden, das, um eine Kameradin zu schädigen, die Tür zusperrte.«

Als Dumontier eintraf, war er hochrot im Gesicht, ihm fehlten aus vielerlei Gründen die Worte, er hatte keine Luft, er war zu aufgeregt, er war fassungslos, denn das hätte er von Julie nie erwartet.

Etwas später betrat der Direktor die Garderobe. Auch

er besah sich den Schlüssel von allen Seiten. Es war ein ganz normaler Schlüssel, mit etwas weißer Farbe dran. Aber für Julie war es sicherlich kein Schlüssel zum Erfolg.

»Ich muss ein Protokoll aufnehmen«, sagte Dumontier, »das ergibt eine ganz neue Lage, und du wirst mir schön sagen, meine Liebe, warum du dich so verhalten hast. Ach, ich weiß einfach nicht, wie ich das nennen soll, was du da getan hast, mir fehlen die Worte dafür.«

Etwas später erschienen die Mädchen von der Probe, eine Aufseherin hatte sie zurückgebracht.

Sie waren sprachlos, als sie alles erfuhren, sogar Kiki, denn im Grunde hatte sie nie ernsthaft geglaubt, dass Julie solch eine gemeine Handlung begehen könne.

Julie stand da, blass und verstört. Keine mochte jetzt mit ihr tauschen.

Etwas später erschienen Barlof und Victoria Lorenz. Die Lorenz ging auf Julie zu und schrie sie an: »Wie konntest du so etwas tun! So kommt man beim Ballett nicht weiter, das lass dir ein für alle Mal gesagt sein! Es genügt nicht die gute Figur allein, es genügt nicht das große Talent. Da drinnen, da, da muss man durch und durch anständig sein. Du hättest mit dem Gedanken nicht einmal spielen dürfen, deiner Konkurrentin zu schaden! Ich verstehe dich nicht.«

Barlof aber schuf Raum um sich. Er war nicht mehr der Verlierer. Er war wieder, wie er es gewohnt war, ein Sieger.

Alle sahen ihn an. »Ich verlange«, begann er mit

einer großen Geste seine Rede, »ich verlange, dass der Intendant hier erscheint. Und zwar unverzüglich. Ich möchte ihm höchstpersönlich sagen, bei welch abscheulicher Intrige er selbst ungewollt die Hand im Spiel hatte. Ich habe gewusst, warum ich mich für Delphine Nadal entschied. Sie hat die Schuld auf sich genommen, auch die Schuld anderer. Das zeugt von Charakter. Sie hat sogar geschwiegen, als man sie aus der Oper hinauswarf, und sie wäre bereit gewesen, für alle Mitbeteiligten die Strafe zu tragen. Und auf solch einen Menschen, durch und durch anständig, eine Tänzerin, deren Name einmal in aller Munde sein wird, auf solch einen Menschen meinte die Spitze der Oper verzichten zu können. Ich erkläre daher hier unwiderruflich, wenn Delphine Nadal nicht in allen Ehren wieder in die Ballettschule aufgenommen wird und nicht die Rolle tanzen darf, die ihr zukommt, dann gehe ich!«

Die Mädchen hatten die Rede Barlofs so schön gefunden, dass sie sich die Augen wischen mussten. Selbst Mercedes war gerührt, und Lise Dulong kniff sich in den Arm und sagte zu sich selbst: Vorsicht, Lise, nimm dich in Acht, sonst schwärmst du genauso für diesen Mann wie all die kleinen Mädchen hier. Und aus dem Alter bist du ein für alle Mal heraus.

Bevor der Intendant kam, stürmten jedoch noch zwei in die Garderobe, mit deren Erscheinen niemand gerechnet hatte.

Es waren Delphines Mutter und der Journalist.

Therese war leichenblass und rief ohne Atem: »Wo ist Delphine?«

»Sie war vor etwa einer Stunde bei mir und ist dann weggelaufen«, antwortete Barlof.

»Wohin?«

»Ich weiß es nicht.«

»Um Gottes willen! Warum lief sie denn weg?«

»Ich wollte beim Intendanten erreichen, dass ihr die Strafe erlassen würde, und ich musste ihr leider mitteilen, dass ich mit meiner Bitte erfolglos geblieben war.«

Frau Nadal brach beinahe zusammen.

Aber da zeigte Dumontier, dass er das Genie eines Feldherrn hatte. »Worauf wartet ihr noch?«, schrie er die Mädchen an. »Los, zieht euch um, und dann auf und Delphine gesucht!«

Die Mädchen zogen sich um, als hätten sie bei der Feuerwehr lange für den Alarmfall trainiert.

»Wenn ihr sie findet, dann bringt sie her!«, rief Barlof. »Ich setze eine außerordentliche Probe an. Welchen Raum können wir um zwanzig Uhr haben, Dumontier?«

»Die Rotunde«, antwortete der Inspizient. Dann wandte er sich wieder an die Mädchen: »Ihr lahmen Enten, ihr solltet schon unterwegs sein! Donnerwetter, könnt ihr euch nicht einmal schnell umziehen?«

Er wandte sich an Delphines Mutter. »Sie gehen schon voraus, Richtung Seine, wir kommen gleich nach!«

»Der Inspizient muss aber im Hause bleiben«, sagte Victoria.

»Heute nicht, und wenn ich rausfliege! Wir haben an der Kleinen etwas gutzumachen.«

Therese lief davon, und der Journalist, der ihr die Hiobsbotschaft überbracht hatte, folgte ihr.

Julie war im Gedränge des Aufbruchs der Mädchen vergessen worden. Nachdem sie sehr mit sich gekämpft hatte, fragte sie: »Monsieur Dumontier?«

»Ruhe, mit dir rede ich nicht.«

»Monsieur, ich möchte auch Delphine suchen.«

»Dann los, den anderen nach!«

Unten im Hof stieß Therese beinahe mit Frederic zusammen.

Frederic wurde blass. »Therese, um Gottes willen, du hast es erfahren?«

»Ja, aber jetzt komm mit!«, sagte sie. »Delphine ist verschwunden, wir müssen sie finden, bevor sie noch eine andere Dummheit macht!« Sie nahm Frederic bei der Hand, und sie beide liefen aus dem Hof der Oper, die Straße hinunter, überquerten bei Rot eine Kreuzung. Aber das war nicht so wichtig.

Wichtig war allein, dass sie Delphine fanden.

Als sie das Seineufer erreichten, begann es zu dämmern. Ein Boot glitt den Fluss hinunter. Es hatte schon die Lichter an. Musik wehte herüber, Gelächter.

Therese konnte kaum mehr weiter. Frederic zog sie mit sich. Am anderen Ufer sahen sie zwei Freundinnen Delphines laufen. Ein Glück, sie suchten also nicht mehr allein. Und da vorne auf der Brücke, da war auch eine Ballettschülerin und hinter ihnen ebenso, und irgendwo brüllte Dumontier.

»Ich darf nicht daran denken, dass sie sich etwas angetan hat«, keuchte Therese. »Ich dachte immer, ich sei eine gute Mutter. Aber wahrscheinlich habe ich viel zu viel von ihr verlangt.«

»Unfug!«, entgegnete Frederic. »Wenn du einen Fehler gemacht hast, dann nur den, dass du mich nicht zum Vater Delphines gemacht hast. – Dass sie in Gefahr ist, hättest du von mir hören können.«

»Du hast es gewusst?«

»Natürlich!«

»Und nichts gesagt?«

»Wusste ich, wie du das aufnehmen würdest? Außerdem hoffte ich, dass Barlof wirklich etwas erreichen würde. Von mir hättest du die ganze Geschichte erst morgen erfahren.«

Da kamen Rufe vom anderen Ufer. Sie blieben stehen.

»Hallo!«, rief da ein Mädchen. »Hallo, hier ist sie! Hallo, alle hierher!«

Sie mussten noch über die Brücke, dann die steinerne Treppe an der Brücke wieder hinunter und den Fußweg entlang.

Und da stand sie. Klein und schmal. Fast noch verlassen. Sie konnte nicht fassen, was Vera gerade erzählte. Genauso, wie Therese und Frederic es nicht fassen konnten.

Aber dann kamen immer mehr Mädchen und bestätigten es. Ja, um zwanzig Uhr sollte sie zur Probe in die Rotunde.

Therese riss ihr Kind an sich und weinte Delphine die Haare nass. Aber Dumontier, der eben auch eintraf, ließ keine Rührung aufkommen. »Los!«, kommandierte er. »Was steht ihr hier herum? Habt ihr vergessen, dass heute noch Probe ist?«

Und so marschierten sie gemeinsam zur Oper zurück. Durch ein Paris, das gerade die Lichter ansteckte, wie zu Ehren der Galatea Delphine Nadal. Wer Phantasie hatte, hörte die Glocken läuten, die helleren der kleinen Kirchen und die großen, dunklen von Notre-Dame.

Dumontier waren die Brillengläser angelaufen. Er musste sie putzen und sich auch die Augen wischen. »Ich weine nicht«, erklärte er Frau Nadal, »nein, mir ist nur etwas Schweiß in die Augen geraten. Und das brennt!«

Therese klopfte ihm die Schulter, und Dumontier war glücklich. Auch der Journalist war es, denn die Geschichte war ein echter Knüller. Die Heimkehr der Ausgestoßenen. So war das Leben. Wieder einmal hatte die Gerechtigkeit gesiegt.

Frederic führte Therese, und sie spürte seinen festen Griff, als wäre er mit einem Schlag energischer geworden.

»Welche Genugtuung für Delphine«, sagte er. »Für deine Tochter.«

Sie schüttelte den Kopf. »Für unsere, wenn du es so willst.«

»Welch ein Glück für uns und unsere Tochter«, sagte er, und sein Griff wurde noch fester.

Mit Hallo zogen sie in den Hof der Oper, und wie ein Ungewitter stampften sie die Treppen hinauf, an der verbotenen Tür vorüber, bis zur Rotunde.

Das Ballettkorps war bereits versammelt. Es begann zu applaudieren, als Delphine eintrat.

Und Barlof ging auf sie zu, umarmte seine Galatea und sagte: »Ich freue mich, dass du wieder da bist, wo du hingehörst.«

ENDE

ZAUBERLEHRLINGE

Wie lebt eigentlich eine Profitänzerin heute? Eine Begegnung mit der jungen japanischen Ballerina Yuria Isaka in Berlin.

Sie hat ein Stündchen Zeit, zwischen zwei Proben. Das reicht für ein Nachmittagstreffen in der Kantine der Deutschen Oper, die auch das Staatsballett Berlin beherbergt. Yuria Isaka gehört ihm seit September 2018 an. Es ist ihr erstes Engagement, offiziell zählt sie noch zum *Corps de ballet*. Aber die zwanzigjährige Japanerin hat auch schon in Solopartien geglänzt und sich als Hoffnungsträgerin einen Namen gemacht: eine zierliche, temperamentvolle, technisch ungewöhnlich reife Nachwuchsballerina, die ihren Weg machen wird. Wo hat er angefangen?

Yuria nippt an ihrem Teeglas, dann erzählt sie: »Meine Mutter und meine Großmutter haben mich zum Ballett gebracht, ich war die ersten Jahre gar nicht Feuer und Flamme dafür. Aber in Japan genießt der klassische Tanz ein hohes Ansehen, wahrscheinlich, weil er so formbewusst und ästhetisch ist – einfach schön!« Eine normale Kindheit findet für Yuria nicht statt. Ihr Alltag besteht aus »Schule, Ballettschule, Schule, Ballettschule – sieben Tage die Woche.«

Es hat ihr, wie sie unumwunden zugibt, durchaus etwas gefehlt: sich einfach mal verabreden, mit Freunden ausgehen – Fehlanzeige. Immerhin aber erwacht ihre Begeisterung, als die Zehnjährige anfängt, für internationale Wettbewerbe zu trainieren. Wer es dort aufs Siegertreppchen schafft, der hat bessere Startchancen in den Beruf und kriegt in der Regel ein Stipendium, um die Ausbildung an einer renommierten Hochschule im Ausland zu beenden.

2015 gewinnt Yuria beim Youth America Grand Prix eine Goldmedaille – und im Verbund damit den Aufenthalt an der berühmten Ballettakademie von Monte-Carlo. Die ist zehntausend Kilometer von ihrer japanischen Heimat entfernt: »Der Anfang war ziemlich hart, vor allem wegen der Sprache. Und natürlich hatte ich Heimweh. Aber dafür sind die Klassen klein und die Lehrer in jeder Hinsicht für dich da. Sie sind hervorragende Coaches.«

Lehrer werden heute mit Argusaugen beobachtet, und das durchaus zu Recht. Es hat immer wieder Klagen darüber gegeben, dass Kinder und Jugendliche an staatlichen Ballettschulen von Pädagogen gemobbt, schikaniert oder vor versammelter Mannschaft als »dick« oder »dumm« abgestraft werden. Die Vorwürfe wurden untersucht, die Ergebnisse veröffentlicht, es kam zu Entlassungen. Verhaltensweisen, die andere Menschen herabwürdigen oder die eigene Machtposition ausspielen, sind *Foul Play* und ein totales *No-Go* – egal, wer sie wo und wie in Anschlag bringt. Yuria Isaka sagt dazu: »Jeder Tänzer muss lernen, sich selbst zu motivieren, sein eigener härtester Rivale zu sein. Wir müssen jeden Tag trainieren, proben, auf die Bühne gehen. Weil wir Menschen verzaubern wollen.

Das geht nicht auf Befehl. Es muss von innen kommen.«

Monte-Carlo war offenbar Yurias entscheidende Station auf dem Weg in die künstlerische Selbständigkeit, obwohl der Alltag komplett durchgetaktet war: »Ich bin um halb sieben aufgestanden, dann zum Frühstück gegangen, habe mich umgezogen und für den Unterricht vorbereitet. Im Anschluss daran gab es noch Extras wie Proben für Variationen, Mittagessen um ein Uhr, nachmittags dann entweder Technik-Klasse, zeitgenössisches Training oder Schulunterricht – danach Abendessen und um zehn Uhr Bettruhe.« Anstrengend, aber eine gute Vorbereitung auf den Beruf: »Man muss sich schon sehr sicher sein, dass man das viele Jahre aushalten kann und will. Aber es winkt eben eine unvergleichliche Belohnung: der Applaus und die Wärme des Publikums. Es gibt kein besseres Gefühl!«

Um dahin zu kommen, braucht man Ellenbogen und Teamgeist zugleich. Sich gegenseitig zu Höchstleistungen anzustacheln ist genauso wichtig wie zusammen etwas zu unternehmen. »Ich habe Freunde am Staatsballett gefunden, und wenn wir auf der Bühne stehen, ist das ein wundervolles Gefühl der Gemeinschaft, der Zusammengehörigkeit.«

Yuria möchte dieses Gefühl in den nächsten Jahren erst einmal in vollen Zügen genießen. Den Kontakt nach Hause hält sie über Social Media, die in ihrem Leben ohnehin eine große Rolle spielen – »wie bei allen jungen Leuten«. Zumal Insta & Co Tänzern etwas ermöglichen, wovon ihre älteren Kollegen nur träumen mochten: »Wir können uns alles an Ballett und Tanz reinziehen – die Stars, legendäre Aufführungen, tolle Tipps! Dafür musste man früher um die halbe Welt reisen.«

Das ist der eine Fortschritt, der Yuria imponiert – der andere ist ganz privater Natur. Irgendwann will sie heiraten, eine Familie gründen, Kinder kriegen. Bis vor zehn, zwanzig Jahren war das für Ballerinen mehr oder weniger undenkbar. Heute gehört es dazu. Aber fürs Erste hat die Karriere Vorfahrt: »Ich liebe die Verwandlung, liebe das Abenteuer, zu tanzen und dabei in eine andere Haut zu schlüpfen. Natürlich träume ich davon, Solistin zu werden, aber alles braucht seine Zeit.« Meint Yuria beim Abschied. Wer ein paar ihrer Auftritte gesehen hat, der ahnt: Sie wird die nächsten Etappen ihres Weges wohl ziemlich schnell hinter sich bringen – und mit Erfolg!

Mehr unter »yuriaisaka« bei Instagram.

WAHRE KÜNSTLER, ECHTE MENSCHEN

Wer hat überhaupt das Zeug zum Ballettstar, und worauf wird beim Vortanzen geachtet? Eric Gauthier hat geschafft, wovon viele träumen: Er war erst kleiner Ballettschüler, dann großer Tänzer und ist seit 2007 Chef einer eigenen Kompanie in Stuttgart. Wie hat der Kanadier das hinbekommen? Und was erwartet er selbst vom Nachwuchs? Am Rand des Tanzfestivals Colours, das er alle zwei Jahre im Stuttgarter Theaterhaus organisiert, setzen wir uns in die Sommersonne. Rund herum wuseln und wirbeln prominente Gäste, Besucher fiebern der Abendvorstellung entgegen – nur Gauthier hat die Ruhe weg. Ein Interview.

Eric, du bist Ballettdirektor – was heißt das?

Ich muss erstens für Geld sorgen, zweitens für tolle Tänzer und drittens für ein gutes Programm! Der Laden muss laufen, ganz klar. Aber genauso wichtig ist, dass wir Kunst machen, kein Tralala. Das ist ein ziemlicher Spagat.

Gauthier Dance hat sechzehn Tänzerinnen und Tänzer, das ist eine stattliche Größe ...

... zumal wir noch zwei zusätzliche Mitglieder haben, die einspringen können, wenn jemand krank ist oder ausfällt. Ich habe mir also durchaus eine große Verantwortung auf die Schultern geladen.

Wolltest du schon immer eine Kompanie leiten?

Nein, ganz und gar nicht. Aber wie das Leben so spielt:

Als ich dreißig wurde, wollte ich die Ballettschläppchen an den Nagel hängen und choreografieren. Da spricht mich plötzlich der Leiter des Theaterhauses an: Wie wär's mit einer eigenen Kompanie, hier bei uns? Ich habe intensiv darüber nachgedacht: Warum soll ich das tun? Habe ich eine zündende Idee, eine künstlerische Vision? Ein Profil? Denn das ist der Schlüssel zum Erfolg.

Und?

Mir war schnell klar: Ich will »the sunny side of modern dance« machen ... also eine Kompanie gründen, die hauptsächlich klassisch trainiert, aber Zeitgenössisches tanzt, keinen originalen *Schwanensee*. Außerdem setzen wir auch auf heitere Farben, statt immer nur in der Herzschmerz-Kiste zu wühlen.

Wie bist du zum Tanzen gekommen?

In meiner Heimat Kanada spielen alle Jungs Eishockey. Also stand ich mit sechs Jahren als Torwart auf dem Eis. Irgendwann hatte ich ein Ticket für das Musical *Cats*, und da hat mich das Tanzfieber gepackt. Kein Problem für meine Eltern, ich habe auch noch Klavier- und Gesangsunterricht gekriegt. Angefangen habe ich an der Ballettschule in Montréal, doch bald meinte meine Lehrerin: »Der muss nach Toronto, an die staatliche nationale Ballettschule.« Also ging ich als Elfjähriger tatsächlich weg von daheim.

Wie hast du die Ausbildung in Erinnerung?

Als eine tolle, wundervolle Erfahrung. Ich habe die Schule geliebt – und ich glaube, das ging den allermeisten meiner Kameraden so. Und weil so viele davon in alle Welt verstreut sind, habe ich heute ein Netzwerk mit Verbindungen auf alle Kontinente. Schon das ist ein Geschenk.

Wie geht man als Schüler damit um, dass man irgendwann mit diesen Kameraden um ein Theaterengagement, um Rollen kämpfen muss?

Darüber denkst du nicht groß nach. Und es ist dir auch nicht so wichtig, die Hauptrolle zu kriegen – jedenfalls nicht so wichtig wie später. So mit vierzehn, fünfzehn Jahren, da wird es dann ernst, weil du absiehst: Okay, in zwei, drei Jahren muss ich einen Job finden.

Wie hat dieser Übergang für dich geklappt?

Ich hatte Glück, viel Glück. Ich wurde am Kanadischen Nationalballett engagiert und konnte gleich im ersten Jahr mit tollen Choreografen arbeiten, habe sogar eine wichtige Premiere getanzt, weil der ursprünglich besetzte Kollege sich verletzt hat. Außerdem hatte ich einen tollen Chef, der mich später auch ans Stuttgarter Ballett geholt hat, nachdem er selbst dorthin gewechselt war. Man braucht auf jeden Fall beim Einstieg einen guten Draht zum Direktor, einen guten Draht zu den Gastchoreografen, mit denen man arbeitet – und man muss wissen, was man will, und einschätzen können, wo man steht. Und die Ohren aufsperren für Feedback!

Du bist dann Solist am Stuttgarter Ballett geworden, einer Kompanie von Weltrang. Wie war der Sprung über den Ozean?

Eine Herausforderung, ganz klar. Ich war neunzehn,

sprach kein Wort Deutsch und habe mir in der zweiten Spielzeit gleich eine Verletzung zugezogen, die ich ewig auskurieren musste. Ich bin dafür zurückgegangen nach Kanada, habe aber zu früh wieder mit dem Training angefangen und mich gleich wieder verletzt. Das sind so Erfahrungen, die man offenbar machen muss. Danach gehst du besser mit dir um.

Was muss man überhaupt an Fähigkeiten und Eigenschaften mitbringen, um in den Tanzberuf einzusteigen?

In vielen Köpfen geistern ja, was das Ballett betrifft, immer noch vertraute Bilder herum: Die Mädchen wollen Prinzessin werden, die Jungs eben Prinzen. Aber die Wahrheit ist: Tanz ist eine hochathletische Kunst, du musst körperlich gute Voraussetzungen mitbringen, zum Beispiel, dass du die Füße von der Hüfte aus problemlos ausdrehen kannst, so dass die Fußspitzen zur Seite schauen. Du brauchst Beweglichkeit, Dehnbarkeit, starke Füße und die Jungs müssen außerdem noch sehr viel Kraft im Rücken mobilisieren können, um die Ballerinen zu heben. All das trainierst du dir natürlich auch im Lauf der Zeit erst richtig an, und wenn du dich als Zehnjähriger Zentimeter um Zentimeter in den Spagat vorarbeitest, dann findest du das nicht lustig. Das Körperliche ist sowieso nur die eine Seite der Aufgabe, es macht den Tanz noch lange nicht zur Kunst. Du musst außerdem offen sein, neugierig, experimentierfreudig und eine schnelle Auffassungsgabe besitzen. Die Entwicklung einer Choreografie mitdenken und mitgestalten zu können, auch das wird heute von Tänzern erwartet.

Und was erwarten Tänzer von dir, ja überhaupt von ihren Chefs und Chefinnen?

Da hat sich in den letzten Jahren eine Menge verändert, und das ist gut. Tänzer – und auch Tanzschüler – haben ein Recht auf Respekt in jeder Hinsicht. Leute herunterzuputzen, nur weil man in einer Machtposition sitzt, das geht absolut gar nicht. Wenn du Leute schlecht behandelst, erreichst du nur, dass sie sich selbst irgendwann schlecht behandeln – und dann gibt es ein wirkliches Problem. Egal, ob in der Ausbildung oder später im Ballettsaal: Wer vorne steht, braucht ein Gespür für Grenzen und für das eigene Verhalten. Man ist da ja auch als Vorbild gefragt – was ich selbst nicht zustande kriege, kann ich auch nicht von anderen verlangen.

Wenn du selbst Tänzer aussuchst, worauf kommt es an?

Wenn ich ganz ehrlich bin, entscheidet am Ende mein Bauchgefühl. Natürlich müssen Körperproportionen und Technik stimmen, muss das Gesicht ausdrucksvoll sein. Aber vor allem versuche ich herauszufinden, ob jemand ein wirklicher Künstler ist.

Wie das?

Das Vortanzen hat eine ganz bestimmte Form, die dabei hilft. Als Erstes gibt es ein klassisches Training, dann einen choreografischen Teil. Da ziehe ich Choreografen dazu, die gerade mit meiner Kompanie arbeiten, und schaue mir an, wie die Kandidaten mit ihnen umgehen. Dabei erfahre ich schon eine Menge. Aber der interessanteste Abschnitt und vielleicht auch der wichtigste ist der sogenannte »Monolog«: Da hast du zehn, zwanzig Minuten und musst mir in der Zeit erzählen, wie du zum Tanz gekommen bist. Vom ersten Tag bis zu dem Punkt, wo du jetzt stehst. Was dabei passiert, haut mich manchmal regelrecht um. Es wird geweint, gelacht, geschrien, geflüstert und natürlich getanzt. Ich sehe den ganzen Menschen, den Künstler. Manchmal sitzt sogar die Kompanie im Saal und schaut mit zu. Das ist dann schon der Härtetest, denn du musst dich trotzdem überwinden, dich preiszugeben. Was ich sehen will, ist die Persönlichkeit, das Wesen – das, was am Ende wirklich zählt.

Wie viele Bewerbungen kriegt ihr?

Das letzte Mal waren es zweitausend für drei Stellen. Der Markt ist verdammt hart. Und ich habe genaue Vorstellungen davon, was ich für meine Arbeit brauche: Tänzer, die sich mit den Stücken und mit dem Publikum verbinden können.

Was heißt das?

Ich will das Publikum für das begeistern, wofür ich mich schon mein ganzes Leben begeistere: für den Tanz. Jeder kann dem Tanz nahekommen, leichter als der Oper oder dem Schauspiel, finde ich. Man muss Tanz im Übrigen auch nicht verstehen – das ist ein Irrtum, der dazu führt, dass Leute behaupten, sie könnten mit Tanz nichts anfangen, obwohl sie sehr wohl ein Gefühl dafür und Freude daran haben. Das ist das Entscheidende. Und die Tänzer sind es, die dafür sorgen, dass der Funke überspringt.

Du hast drei Kinder. Wenn eines mit der Ansage käme: »Ich will Tänzer werden« – was wäre die Antwort?

Ich glaube, ich würde sagen: Wenn du gut Geld verdienen und chillen willst, mach was anderes! Es ist ein harter Beruf, die meisten Tänzer sind mit vierzig reif fürs Aufhören, müssen umsatteln und etwas komplett Neues anfangen. Aber trotzdem ... ich könnte kein Kind ernsthaft davon abhalten, wenn es das wirklich will. Wer den Tanz liebt, der wird von ihm zurückgeliebt. Jedenfalls in den meisten Fällen.

Alle Gespräche und Protokolle: Dr. Dorion Weickmann, April 2020

DER WEG ZUR PROFIKARRIERE

Du interessierst dich für eine Tanz-Ausbildung? Hier kannst du dich informieren:

Tanz-Hochschulen in Deutschland und Europa.
Eine Auswahl.

Berlin
Staatliche Ballettschule Berlin
www.ballettschule-berlin.de

Hochschulübergreifendes Zentrum Tanz HZT
www.hzt-berlin.de

Brüssel
P. A. R. T.S School for Contemporary Dance
www.parts.be

Dresden
Palucca Hochschule für Tanz
www.palucca.eu

Essen
Folkwang Universität der Künste
www.folkwang-uni.de

Frankfurt am Main
Hochschule für Musik und Darstellende Kunst
www.hfmdk-frankfurt.de

Hamburg
Ballettschule des Hamburg Ballett John Neumeier
www.hamburgballett.de

Köln
Hochschule für Musik und Tanz
www.hfmt-koeln.de

Lyon
Conservatoire de Lyon
www.conservatoire-lyon.fr

Mailand
Schule der Mailänder Scala
www.accademialascala.it

Mannheim
Akademie des Tanzes an der Staatlichen Hochschule
für Musik und Darstellende Kunst
www.muho-mannheim.de

München
Ballett-Akademie der Hochschule für Musik und Theater München
www.musikhochschule-muenchen.de

Paris
École de danse de l'Opéra de Paris
www.operadeparis.fr

Rotterdam
Codarts Hochschule der Künste
www.codarts.nl

Stuttgart
John Cranko Schule
www.john-cranko-schule.de

Wien
Ballettakademie der Wiener Staatsoper
www.wiener-staatsoper.at

Zürich
Tanzakademie Zürich
www.zhdk.ch/taz